空《うつろ》舟《ぶね》

北町奉行所捕物控③

長谷川 卓

祥伝社文庫

目次

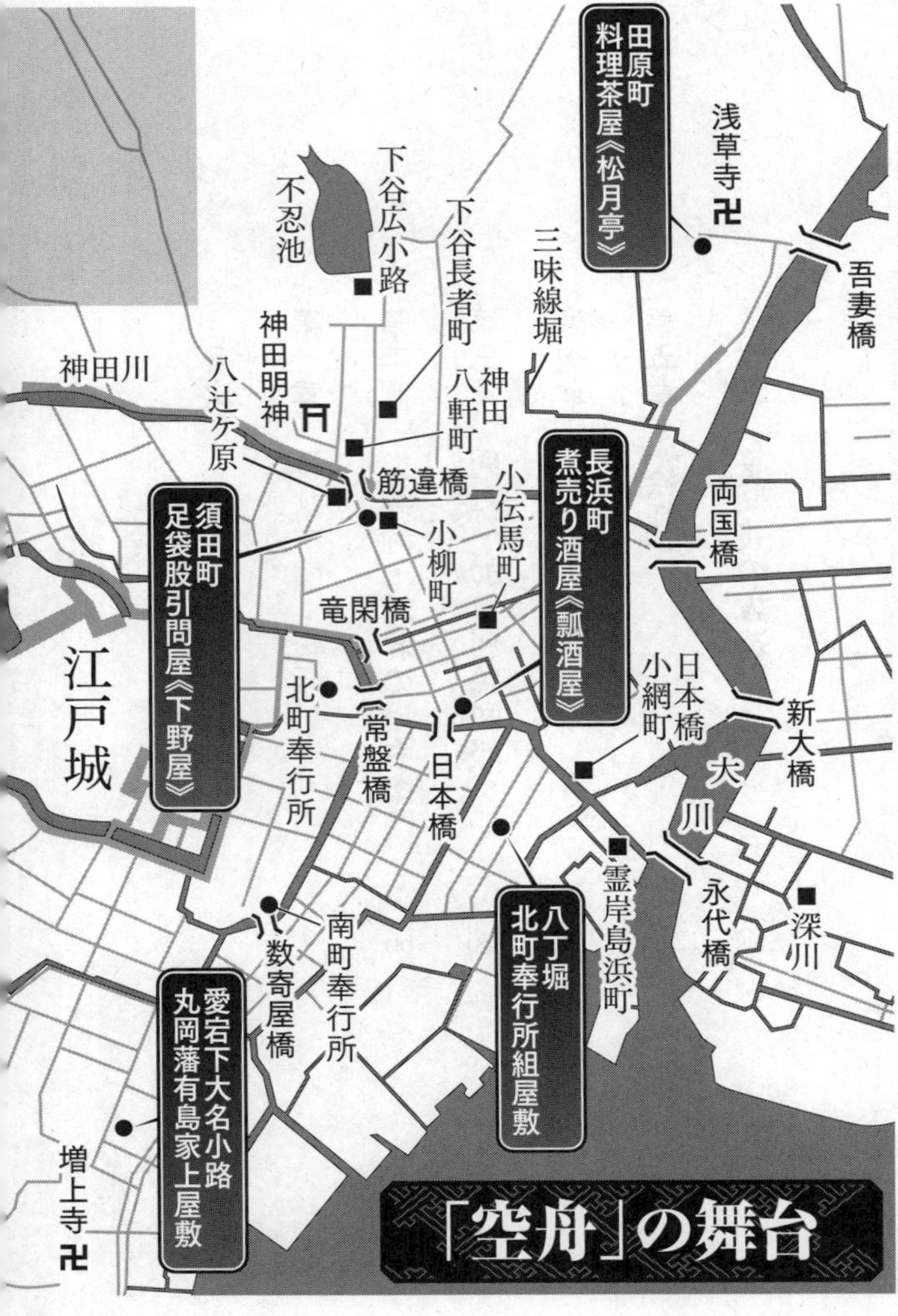

「空舟」の舞台
田原町
料理茶屋《松月亭》
浅草寺
吾妻橋
三味線堀
下谷長者町
下谷広小路
不忍池
神田明神
神田川
八辻ケ原
神田八軒町
筋違橋
小柳町
小伝馬町
長浜町
煮売り酒屋《瓢酒屋》
両国橋
須田町
足袋股引問屋《下野屋》
竜閑橋
江戸城
北町奉行所
常盤橋
日本橋
日本橋小網町
新大橋
大川
霊岸島浜町
永代橋
深川
八丁堀
北町奉行所組屋敷
南町奉行所
数寄屋橋
愛宕下大名小路
丸岡藩有島家上屋敷
増上寺

巣鴨辺絵図
真性寺
巣鴨町下仲組
黒鍬組屋敷
巣鴨御駕籠町
吉祥寺
中山道
日光御成道
本郷追分
四ツ谷御門外
腰物方 妹尾周次郎方
北
東
南
西

【登場人物紹介】

北町《きたまち》奉行所《ぶぎょうしょ》臨時《りんじ》廻《まわ》り同心《どうしん》
鷲津軍兵衛《わしづぐんべえ》
妻女　栄《えい》
息《そく》　竹之介《たけのすけ》
養女　鷹《たか》
岡っ引《おかぴき》　小網町《こあみちょう》の千吉《せんきち》
下っ引《したぴき》　新六《しんろく》、佐平《さへい》

北町奉行所臨時廻り同心
加曾利孫四郎《かそりまごしろう》
岡っ引　霊岸島浜町《れいがんじまはまちょう》の留松《とめまつ》
下っ引　福次郎《ふくじろう》

北町奉行所定廻《じょうまわ》り同心
小宮山仙十郎《こみやませんじゅうろう》
岡っ引　神田八軒町《かんだはちけんちょう》の銀次《ぎんじ》
下っ引　義吉《よしきち》、忠太《ちゅうた》

北町奉行所例繰方《れいくりかた》同心
宮脇信左衛門《みやわきしんざえもん》

北町奉行所年番方与力《ねんばんかたよりき》
島村恭介《しまむらきょうすけ》

北町奉行所内与力《うちよりき》
三枝幹之進《さいぐさみきのしん》

火附盗賊《ひつけとうぞく》改方《あらためかた》
長官　松田《まつだ》善左衛門《ぜんざえもん》勝重《かつしげ》
同心　土屋《つちや》藤治郎《とうじろう》
駿府《すんぷ》町《まち》奉行所《ぶぎょうしょ》同心
西ケ谷《にしがや》勝次郎《かつじろう》
香具師《やし》の元締《もとじめ》
蛇骨《じゃこつ》の清右衛門《せいえもん》
配下　根津《ねづ》の三津次郎《みつじろう》
腰物方《こしものかた》
妹尾《せのお》周次郎《しゅうじろう》景政《かげまさ》
中間《ちゅうげん》　源三《げんぞう》

六浦《むつうら》自然流《じねんりゅう》道場主
波多野《はたの》豊次郎《とよじろう》
盗賊
笹間渡《ささまど》の吉造《きちぞう》
天神《てんじん》の富五郎《とみごろう》
船虫《ふなむし》の亀太郎《かめたろう》
浪人
伊良《いら》弥八郎《やはちろう》
お尋ね者
《絵師《えし》》
黒鍬者《くろくわもの》　故押切玄七郎《おしきりげんしちろう》の娘
蕗《ふき》

第一章　渡り中間《ちゅうげん》・惣助《そうすけ》

一

安永《あんえい》四年（一七七五）、陰暦十一月八日。

一の酉《とり》を境に空《から》っ風《かぜ》が吹き始め、江戸はすっぽりと冬に嵌《は》まっていた。遠くに見える霊峰富士《ふじ》の頂《いただき》は、既に雪化粧を終えていたが、まだ市中には積もる程の雪は降っていなかった。積もれば解け、解ければぬかるむ。立冬《りっとう》を過ぎて約一月《ひとつき》、町方《まちかた》泣かせの冬が、本格的に始まろうとしていた。

その日、北町《きたまち》奉行《ぶぎょう》所臨時《しょりんじ》廻《まわ》り同心《どうしん》・鷲津《わしづ》軍兵衛《ぐんべえ》は、中間《ちゅうげん》ひとりを供に、火附《ひつけ》盗賊《とうぞく》改《あらため》方《かた》の役宅を訪ねての帰りだった。役宅は虎之《とらの》御門《ごもん》外にあった。

火盗《かとう》改《あらため》方《かた》の長官の名は、松田《まつだ》善《ぜん》左《ざ》衛《え》門《もん》勝重《かつしげ》。屋敷が金毘羅《こんぴら》神社に隣接しているところから、金毘羅の御殿様と呼ばれていた。

軍兵衛が呼ばれたのには訳があった。北町が小伝馬町《こでんまちょう》の牢屋敷《ろうやしき》に送った者に問いただしたいことがあるのだが、出牢《しゅつろう》証文などの手続きやら牢屋敷からの引き取りやらが面倒だから、奉行所での取り調べの際に火盗改方の同心を立ち会わせてくれぬか、という申し入れだった。

即答する権限は軍兵衛にはなかったが、即答を控えるつもりも、上手《うま》く立ち回って恩を売るつもりもなかった。身分を超え、そのことを互いに承知していたふたりだった。軍兵衛がふたつ返事で引き受けると、用は済んだ。ならば酒でも、と金毘羅の御殿様直々《じきじき》に誘われたのだが、まだ日は高かった。遠慮して、奉行所に戻ることにしたのだった。

役宅を辞した軍兵衛は、土橋《どばし》を渡り、堀沿いの通りを北へと向かった。土橋から比丘尼《びくに》橋、一石《いちこく》橋、常盤《ときわ》橋と渡り、奉行所まで二十三町（約二千五百メートル）。何か腹に詰めてもよい頃合だった。

「熱い蕎麦《そば》でも手繰《たぐ》るか」

中間に言い、山城河岸《やましろがし》を東に折れた。

中間の頰《ほお》が緩んだ。空腹のためばかりではない。中間は奉行所から給金をもらっているが、実際の実入《みい》りは、岡《おか》っ引《ぴき》と同様、八丁堀《はっちょうぼり》の旦那《だんな》に顔が利《き》くからと町屋の者の揉《も》め事に介入したり、たかったりして頂戴《ちょうだい》する金子《きんす》に頼っていた。だから、同心と一緒に蕎麦を食べることは、己の立場を町屋の者に見せつける絶好の機会なのである。

喜左衛門町《きざえもんちょう》を通り、加賀町《かがちょう》に出た。加賀町には、蕎麦屋《妙月庵《みょうげつあん》》があった。ここの冬の売り物は、甘辛く煮付けた貝柱をあんかけにした《とろみ蕎麦》で、濃いめの味付けが評判であった。

中間が、肩に担《かつ》いだ御用箱を揺すり上げながら、蕎麦屋を見た。人だかりがしている。並んでいるのでないことは、逃げ腰で取り巻いているところから直《す》ぐに知れた。

「旦那……」

中間が呼び掛けた時には、既に軍兵衛は気付いていた。下《した》っ引《ぴき》が人だかりを下がらせている。神田八軒町《かんだはちけんちょう》の銀次《ぎんじ》の子分・義吉《よしきち》と忠太《ちゅうた》だった。

銀次と霊岸島浜町《れいがんじまはまちょう》の留松《とめまつ》が店奥から飛び出して来て、何事かふたりに命じた。義吉と忠太が裏に回った。

「行くぜ」

八丁堀同心の姿に、通りを塞《ふさ》いでいた人垣が、俄《にわか》に割れた。

留松が、目敏《めざと》く軍兵衛を見付け、小声で言った。

「立て籠《こ》もりでございやす」

この日――。

銀次らを供にして市中見回りに出ていた定廻《じょうまわ》り同心・小宮山仙十郎《こみやませんじゅうろう》は、中《なか》ノ橋《はし》を北へと渡っている風花《かざはな》の音七《おとしち》を見掛け、後を尾《つ》けていた。音七は、凶賊・猪《い》首《くび》の陣五郎《じんごろう》の子分で、獣《けもの》のような用心深さで御縄を掻《か》い潜《くぐ》って来た男だった。十分に注意を払いながら尾けているつもりでいたのだが、程無くして音七に見破られてしまった。

仙十郎と銀次らと、来合わせた臨時廻り同心の加曾利孫四郎《かそりまごしろう》と岡っ引の留松、その子分の福次郎《ふくじろう》らが取り囲み、御縄を打とうとした刹那《せつな》、音七は目の前にあった蕎麦屋《妙月庵》に飛び込み、二階に居合わせた客を人質に立て籠もってしまったのだった。

「近付いたら殺すと喚《わめ》いておりやして」

加曾利が階下から説得に当たっているが、まだ効き目はないらしい。

「猪首の陣五郎がこの騒ぎに気付いたら、逃げちまうな」

「それで加曾利の旦那も焦っておられるんですが……」

留松は軍兵衛が手札を与えている小網町《こあみちょう》の千吉《せんきち》の子分を務めていたが、岡っ引として独り立ちしてからは、軍兵衛の勧めで加曾利の手先になっていた。

「筋は分かった」

軍兵衛は縄暖簾《なわのれん》を潜って店の中を見回した。階段の下に加曾利がいた。

軍兵衛は加曾利を手招きすると、階上に何か話しかけているよう、留松に言い付けた。

「何だ？」

加曾利が、不機嫌そうな声で訊《き》いた。

「人質は何人だ？」

「ふたり。どこぞのお店《たな》の手代だ」

「役に立ちそうか」

「駄目だ。すっかり脅《おび》えちまってるみたいだ」

「仙十郎は？」

「屋根伝いに逃げられぬよう、裏を見張らせている」

「他に上がる方法は？」

「ない。あっても、来たら人質を殺すと喚いているから使えねえ」

「店の者は？」

加曾利が厨《くりや》を顎《あご》で指した。

軍兵衛は懐紙《かいし》と矢立《やたて》を取り出すと、主《あるじ》夫婦の前に広げ、二階の作りを描かせた。

通りは？　障子窓《しょうじまど》は？　階段の上がり端《はな》は？　立て続けに訊いては、絵図に記し、加曾利には音七がいる場所を描き加えさせた。

「隣は、明樽《あきだる》問屋だったな？」

蕎麦屋の夫婦が頷《うなず》いた。

「孫四郎、済まねえが、任せてくれるか。南町《みなみまち》が来る前に片付けちまおう」

月番は南町奉行所だった。

「策はあるのか」

「ちいとな。そのためにも、音七を上がり端辺《あた》りに引き付けておいてくれ」

「分かった」

軍兵衛は留松と福次郎を店外に連れ出し、大八車と明樽を六つ借りて来るように命じた。

「何にするんで？」

留松が訊いた。

「俺が空を飛ぶのよ」

明樽を三つずつ並べて置いた上にお前らがのる。そこから、えいやっで大八車の荷台の端に飛び降りる。するってえと、梶棒《かじぼう》にのった俺が、ぽんと蕎麦屋の二階に跳《は》ね上げられるって寸法だ。

「樽の大きさは同じものを選べよ。音を立てずにな、急ぐんだぞ」

ふたりが隣の明樽問屋に走った。待つ間《ま》もなく、大きな明樽をのせた大八車が引かれて来た。

軍兵衛は大八車を蕎麦屋の正面に、その向こうに明樽を積ませた。

「一か八《ばち》かの賭《か》けだ。頼むぜ」

軍兵衛は腰の大小を中間に持たせると、背帯から十手《じって》を抜き出し、梶棒にのった。用意は整った。留松と福次郎に飛び降りるよう目で合図をした。

ふたりが呼吸を合わせて、宙に跳び出した。次の瞬間、軍兵衛は足裏を下から弾《はじ》かれるのを感じた。身体《からだ》がふわりと宙に浮いたのだ。

仰《あお》いでいた庇《ひさし》が足の下に消え、障子窓が目の前に迫った。前のめりになって、左腕で突き破りながら、二階の座敷に飛び込んだ。

人質の手代らが縛《しば》られ、畳に転がっていた。頭上を行き過ぎる軍兵衛を、あんぐりと口を開けて見ている。

ふたりを目の隅に打ち捨て、階段の上がり端を見た。眦《まなじり》を吊《つ》り上げた音七が、何事か喚くと、匕首《あいくち》を突き立ててきた。唇《くちびる》の端から唾《つば》が糸を引いて横に流れている。狂犬に似ていた。

(上出来だ。悪党は、そうでなくちゃいけねえ)

軍兵衛の十手が唸《うな》りを上げ、匕首を弾き飛ばした。板床に跳ね、柱に刺さった。目を剝《む》いている音七の顎を、軍兵衛の返す十手が捉えた。鼻から棒のような血を噴き出しながら手摺《てすり》を越え、音七が階段を転げ落ちていった。

階下から歓声が上がり、駆け寄る足音がした。

「怪我《けが》はねえか」

軍兵衛が人質に訊いた。手代のふたりが幼子のように首を縦《たて》に振った。

「何よりだ」

突き破られ、大きく穴の開いた障子窓から、冷たい風が吹き込んできた。

「もうちっと品よく入ればよかったな」

「知らなかったぜ、軽業《かるわざ》の出だったとはな」

加曾利が、留松に御縄を持たせながら軽口を叩《たた》いた。

裏から、小宮山仙十郎と銀次らが駆けて来た。

「いやあ、流石《さすが》に荒っぽいですね」

仙十郎が、改めて大八車と二階の障子窓を見比べている。

「何を悠長《ゆうちょう》なことを言っている。早く大番屋《おおばんや》に連れて行き、訊き出すんだ」

しかし仙十郎は、まだ見回りの途中だった。取り敢《あ》えず、定廻りとして決められた見回路《みちすじ》の残りを歩かなければならなかった。

「俺が引き受けよう」

加曾利が、大番屋送りを買って出た。

大番屋は、罪を犯した疑いのある者の取り調べを行なうところで、留置場のことだった。ここで調べがつくと、町奉行所が作成した入牢《じゆろう》証文をつけて小伝馬町の牢屋敷に送るのである。大番屋は、茅場町《かやばちよう》や材木町《ざいもくちよう》三、四丁目など江戸市中に七か所あった。加曾利が送ると決めた大番屋は茅場町だった。町奉行所と同様に大番屋でも拷問《ごうもん》は言うに及ばず、責問いにかけることも許されていなかったが、密《ひそ》かに痛め付けることは十分出来た。加曾利の手に掛かれば、余程《よほど》腹を括《くく》った者でなければ、一両日の間には知っていることをすべて吐かされてしまうだろう。

留松が、音七に歩くよう命じた。後ろ手に縛られていた音七が、横目で軍兵衛を睨《にら》んだ。気付いた留松が、即座に音七の腰に巻いた縄を力任せに引いた。音七がよろけた。

「見事だったぜ」

加曾利が軍兵衛に言い置いてから、留松に続いた。

「それでは、私どもも……」

見回りに戻る仙十郎が、膝《ひざ》に手を突き、きっちりと会釈《えしやく》をした。銀次らが倣《なら》った。

（堅苦しい真似《まね》をしやがって……）

鬱陶《うつとう》しく思う反面、その律義《りちぎ》さが好ましくもあった。

「気を付けてな」

見送り、奉行所に戻ろうとして、軍兵衛が足を止めた。

「どうなさいました……？」

怪訝《けげん》そうにしている中間を制して、軍兵衛は身構えながら町屋の衆を見渡した。

刺すような気配が己に向けられていた。殺気だった。

(何者だ？)

気配を発している者を探した。

軍兵衛はゆっくりと人垣を見回した。

殺気は、探している間に薄《うす》ら氷《ひ》のように解け、消えてしまった。

軍兵衛は太い息を吐き出しながら、背を見せて散り始めている町屋の者どもに目を遣《や》った。この中にいるのか。それとも、既に去ったのか。

その者に、

(俺は、試されたのか)

立ち合わず、気配で腕を試し、去る。腕のある奴でなければ出来ない芸当《げいとう》だった。

猪首の陣五郎の息の掛かった者が発したとは思えなかった。殺気を送り、音七の捕縛《ほばく》を一味が知ったと悟られるより、江戸を売る算段に走るはずだった。

では、誰が。

分からなかった。正体が分からぬ分、落ち着かぬものを覚えたが、それが殺気であれ何であれ、同心稼業《かぎょう》をしている以上、どこにいても纏《まと》い付いて来る、逃れようのない気配だった。

二

十一月九日、八ツ半（午後三時）。

市中見回りから戻った軍兵衛に、年番方与力《ねんばんかたよりき》・島村恭介《しまむらきょうすけ》から呼び出しが掛かった。

臨時廻り同心である軍兵衛は、常ならば定廻り同心のように決まった見回路《みちすじ》を見回る務めに出る必要はなかったのだが、この日は定廻りのひとりが俄の病になり、代わりの者も骨折で動けず、急遽《きゅうきょ》助けに出ていたのだった。

臨時廻りは定廻りの経験者からなり、定廻りの指導的な立場にあったので、定廻りの代役として駆り出されることもままあった。

「ご苦労であったな」

島村恭介が言った。年番方与力の詰所には、島村だけがいた。

島村は五十六歳。最古参の与力であり、同心支配役であった。

「聞いたぞ。天狗《てんぐ》のように空を飛んだらしいな」

島村とは昨日の昼前から会っていなかった。夕刻は島村が南町奉行所との寄合で出掛けており、今朝はまた、同心の出仕《しゅっし》時刻が朝五ツ（午前八時）、与力が昼四ツ（午前十時）という一刻《いっこく》の相違から擦《す》れ違っていたのだった。

「お恥ずかしい限りです」

「いやいや、その頑健なところを見込んで頼みがあるのだ」

「よい話でしょうか」

島村が眉《まゆ》を上げて軍兵衛を見た。

「気に入らぬ話ならば断わると申すのか」

「滅相《めっそう》もございません」

軍兵衛が顔の前で手を横に振った。

「して、お頼みとは何でございましょう？」

「そのことだが――」

駿河《するが》国の府中《ふちゅう》にある駿府《すんぷ》町奉行所から、同心・西ヶ谷勝次郎《にしがやかつじろう》が、京《きょう》、尾張《おわり》に駿河と殺しを続けている通称《絵師《えし》》と呼ばれる男を追って、明後日江戸に着くという知らせが入ったのだ、と言った。

「西ヶ谷に力添えし、《絵師》を捕えるという御役目なのだが」

「お守《も》りでございますか」

「西ヶ谷は三十七歳。子守唄の要《い》る歳《とし》ではないわ」

「江戸に土地勘は？」

「ない。右も左も分からぬらしい……」

「どうして南町が受けないんです？」

「受けたのは先月。北町が月番《つきばん》であったのだ」

島村が、一呼吸置いて、嫌か、と尋《たず》ねた。

「そのようなことはございませんが、やはり仙十郎くらいの、歳の近い者の方が
よろしかろうかと存じまして」

「近いと言うて、彼奴《こっち》は定廻りだぞ」

小宮山仙十郎は四十歳だった。

「あの律義さは、土地不案内の者を引き回すのに最適でしょう。それに、己の口
からは言い辛《づら》いのですが、私は同心としては癖がございますし……」

島村が、まじまじと軍兵衛を見詰め、そうだな、と言った。

「江戸から戻ったら性格が変わったなどと言われても迷惑だしな。ここは、其《そ》の方には近付けぬ方がよいかもしれぬの」

軍兵衛は鼻白《はなじろ》むものを覚えたが、顔には出さずに言った。

「暫《しばら》くは定廻りにつけ、市中を歩かせる。決まりましたな」

「すっかり逃げたつもりになってはおらぬか」

「そのようなことは決して」

軍兵衛は、誤魔化す序《つい》でに訊いた。

「ところで、何ゆえ《絵師》と呼ばれているのでございますか」

狙《ねら》った相手に近付き、親しくなり、似絵《にせえ》を描きながら相手の来《こ》し方を、一晩のこともあれば、数日掛けて聞き出す。そしてすべてを聞き終えると、「もう用は無い」からと、咽喉《のど》を斬《き》り裂いて殺すのだと、島村がその手口を話し、言葉を継いだ。

「知り合ってから殺すまでの間、似絵を描き続け、絵が仕上がると殺すところから、そのように名付けられたらしい」

「よく、そこまで分かったものですな」

「《絵師》に殺され掛けた座頭《ざとう》がおったからだ。その者は、丁度人《ちょうど》が訪ね来たお蔭《かげ》で、土壇場で助かりおった」

「座頭では、目は？」

「昼と夜の区別がつく程度でな、人相を聞き取ることは出来なんだ」

その《絵師》が江戸に来るというのは本当なのか、訊いた。

「京に始まった殺しの場所が、東海道《とうかいどう》を下るようにして江戸に向かっておるのだ。駿府町奉行所の読みに間違いはあるまい」

島村は、手許《てもと》にあった湯飲みの蓋《ふた》を外すと、一口音を立てて飲み、このことは、と言った。

「後程皆を集めて話す。それから、其の方が捕えた風花の音七だが、加曾利が落とし、隠れ家を吐かせた」

「ようやりましたな」

昨日の今日である。相当痛め続けたに違いない。

「それで、猪首一味は？」

「逃げた後であったそうだ。つい先程の話だ」

「……孫四郎は？」

「音七を小伝馬町に送っているところだ」

「左様ですか……」

軍兵衛は、音七を捕縛した後に感じた殺気のことを話した。猪首一味の者が発したとは思えませぬが。

「猪首一味なら、わざわざ音七捕縛を知ったと教えるはずはあるまい。其の方の気の所為《せい》でなければ、八丁堀の腕試しだったのかもしれねえな」

「あの殺気は並の腕前の者ではありませんでした。やはりお守りなどしておれませぬな」

「おのれ、お守りと認めおったな」

「まあ、そうお怒りになられませぬよう」

「もうよい」

島村が手の甲を振って見せた。

「行って、皆を集めい」

同心全員を集めると北町だけでも百二十人になる。

島村が言った皆は、居合わせた臨時廻りと定廻りをはじめ、風烈廻りに町火消《まちびけし》人足改《にんそくあらため》などの筆頭同心らであった。それでも、三十人近くになった。

島村の話は小半刻《はんとき》（一時間弱）に及んだが、加曾利孫四郎は小伝馬町から戻って来なかった。

奉行所を出た軍兵衛は、常盤橋御門を通り、金座を横に見ながら伊勢町《いせちよう》堀《ぼり》の方へと歩いていた。

常ならば、手札を与えている岡っ引・小網町の千吉か子分の新六《しんろく》、あるいは佐《さ》平《へい》が付き従っているのだが、この日は中間も先に帰したので珍しく独りだった。

風が襟《えり》元を吹き過ぎて行った。

恐らく加曾利孫四郎も何処《どこ》かで飲んでいるのだろう。そう思うと軍兵衛も、真っ直ぐ組屋敷に帰る気にはなれなかった。長浜町《ながはまちよう》の稲荷《いなり》脇にある《瓢酒屋《ひさごや》》に立ち寄ることにした。

二月程前、雨を遣り過ごそうとして入った小体《こてい》な煮売り酒屋だった。それまでも前を通ったことはあったのだが、縄暖簾も提灯《ちようちん》もなければ、腰高《こしだか》障子に屋号も書いていなかったために見過ごしてしまっていた。雨宿りをした時、軒《のき》に屋号を記した瓢簞《ひようたん》があるのに気付かなければ、ずっと見逃していただろう。《瓢酒屋》と名乗っているのに、瓢簞を出したのはその時が最初であったとは、後で聞いた話だった。

他の煮売り酒屋より酒代が少々高めであるにもかかわらず、小上がりや入れ込みではなく、下品なことと目《もく》されていた明樽に座らせるという遣り方が、土地《ところ》の者の足を遠ざけているのだろう。いつ覗《のぞ》いても客の入りは芳《かんば》しくなかった。だが、軍兵衛にしてみれば、客の入りの少ないところが気楽であった。七十になろうかという主の飄々《ひょうひょう》とした物言いも気に入っていた。

雨に追われて初めて入った時のことを、はっきりと覚えている。小銀杏《こいちょう》に結った髷《まげ》、着流しに三ツ紋付きの黒羽織《くろばおり》。八丁堀だと瞬時に見て取ったにもかかわらず、

――生憎《あいにく》の雨で。

愛想《あいそ》と言えばそれだけで、注文を訊こうともせず黙々と包丁を使っている。背帯には十手を差していた。それを、後から来るかもしれぬ人目に晒《さら》すのは気が引けた。濡《ぬ》れた黒羽織を脱ごうとしない軍兵衛に、風邪を引くからと脱ぐように勧めた。

――客なんぞおりませんし、来ても少ないのでご遠慮なく。

熱燗《あつかん》を頼み、肴《さかな》を頼んだ。魚介と大根の膾《なます》が出た。酢にふくよかな甘みがあった。

――これは？

――柿酢《かきず》でございます。仕込んで三年のものですが、お口に合いましたでしょうか。

酢に熟した柿を漬け、三年寝かせたのだと主が言った。他にも、一年から六年までございますが、試してみますか。

――頼む。

一年物は酢が勝っており、六年物は柿が勝っていた。

――やはり三年がよいところかな。

――そのように思います。六年物は酒で割って寝酒にすると、なかなかいけるんでございますよ。

その時から、半月に一度くらい、独りで飲みたい時に通っていた。商いには大《おお》雑把《ざっぱ》でも、味には気を配っているところが嬉《うれ》しかった。

しかし、今日は先客がいた。

先に客がいたのは、この二月で二度目になる。

すっきりとした浪人者だった。年の頃は四十代の半《なか》ばか。明樽に腰を下ろし、飯台に置いた酒を手酌《てじゃく》で飲んでいた。浪人は、軍兵衛の会釈に合わせて、軽く頭を下げた。

「親父《おやじ》、熱燗を頼む」

軍兵衛は、奥に近い明樽に腰を掛けた。そこからは、厨の中の主の姿がよく見えた。

主は樽の酒を銚釐《ちろり》に移し、湯に浸《ひた》すと、湯通しした油揚げを刻み、青菜とともに煮付けている。小鍋の中が騒ぎ始めるのを待って、溶き卵をぐるりと回し掛け、一煮立ちして白身が固まったところで鉢《はち》に盛った。鶏卵を料理に使う習慣は、寛永《かんえい》の頃に始まったとされるが、それから百五十年程が経《た》った安永の頃ともなると、様々な使われ方をするようになっていた。

燗もついた。

銚釐と杯と鉢が同時に出て来た。酒を啜《すす》り、箸《はし》を口に運んだ。

甘めの味付けが、冷えた身体に心地よかった。

「親父、この青菜は？」

「小松菜と言うには若くて柔らかな鶯菜《うぐいすな》のようでございますが、どうです？お味は」

小松菜は冬が旬で、鶯菜は二、三月に出回る早春の菜だった。走りにしても早かったが、軍兵衛にしてみれば、食べられれば何時《いつ》のものでもよかった。

「美味《うめ》えな。揚げと卵が絶妙な組み合わせだ」

「ようございました」

実はこちらが、と言って主が、浪人を掌《てのひら》で指した。

「大川《おおかわ》の土手で摘んで来て下さったのです」

「ありがてえな。いい時に来たって訳かい？」

「この作り方も教えて下さったのでございますよ」

「そりゃあ大したものですな」

軍兵衛は、浪人に言った。

「いやいや」

浪人は照れているのか、項《うなじ》に掌をあて、小さく頭を下げた。

「私なんぞは、葱鮪鍋《ねぎまなべ》しか作れないので、女房殿に寝込まれるとお手上げになってしまうのですよ」

浪人は、曇りのない笑顔を見せ、よいではありませぬか、と言った。

「拙者《せっしゃ》のように、刀より包丁が得意なのは、もっと困りものですよ」

浪人が、赤身魚を食べるのか、と軍兵衛に問うた。当時は、鮪《まぐろ》などの赤身魚は下魚《げざかな》とされていた。特にシビという別名のある鮪は、音が死日に通じるとして武家からは見向きもされぬものだった。

「美味《うま》いから食うのですが、臍《へそ》曲がりと見られていますな」

「世の人々は、妙な因習に捕われ過ぎているのですよ。葱鮪は、私も好物です」

「よろしいですか」

離れた飯台で飲んでいては話が遠いから、と軍兵衛が立ち、ひとつの飯台に銚釐を並べた。

浪人は伊良弥八郎《いらやはちろう》だと名乗った。

「江戸に来て、一月半になります」

包丁の方が得意だとは言え、剣の腕もそこそこなので、街道を旅する者の用心棒をして生計《たずき》を立てているのだと言った。江戸に来たのも、客を送り届けてのことで、お声が掛かれば、またどこぞに流れて行くことになりましょう。

「お蔭で、あちこちの食べ物に詳しくなりました」

屈託《くったく》なく笑って見せた。気持ちのいい酒だった。

もっと杯を重ねたいという気持ちはあったが、八丁堀の組屋敷内で飲むのでなければ、度を過ごす訳にはいかなかった。

同心としての心得《こころえ》だった。

心残りはあったが後日を約して、軍兵衛は《瓢酒屋》を出た。爽《さわ》やかな酔いが、足の運びを軽くした。

酔いが醒《さ》めた頃、組屋敷に着いた。

木戸門を通り、玄関を開けた。

妻の栄《えい》と息《そく》の竹之介《たけのすけ》が、狭い式台の向こうで膝を突いた。

「お帰りなさいませ」

「うむ、今帰った」

「半刻前になりますが」

と竹之介が言った。竹之介は十一歳。長男の松之介《まつのすけ》が四年前に病没したために、跡継ぎとなっていた。この夏を境に、顔付きも身体付きも随分と大人《おとな》びてきていた。

「沢崎甚九郎《さわざきじんくろう》様がお見えになりました」

沢崎は、越前《えちぜん》国丸岡《まるおか》・有島《ありしま》家四万五千石の御留守居役・末長山城守時定《すえながやましろのかみときさだ》の用人《ようにん》だった。

「相談したきことがあるゆえ、出来得る限り早くに上屋敷の沢崎様を訪ねるよう仰《おお》せになって、慌ててお戻りになりました」

「それ以上詳しい話とか書状などは」

「ございませんでした」

軍兵衛は、有島家から年に二回、一回に付き十五両の御用頼《ごようだのみ》を受け取っていた。御用頼とは、大名家から町奉行所の与力、同心に贈られる付届《つけとどけ》のことで、軍兵衛の場合、有島家だけでも、年三十両になった。

この額は、町方同心としての身分の役料、年三十俵二人扶持《ぶち》（金子にすると約十四両）と、分担掛かりの役料、十両を併《あわ》せた約二十四両よりも多かった。

大名家がそれだけの付届をするのは、家中の者が町屋の者と刃傷《にんじょう》沙汰《ざた》を起こした時などに、主家の名を汚さぬように処理してもらうための備えであった。

付届を贈るのは、大名家だけではなく、大店《おおだな》や諸株の仲間など多岐に亙《わた》っており、集まると相当な額になった。しかも、個人宛だけではなく、奉行所宛にも届けられたのである。それらは年に何度かに分けて、与力宛に届けられたものは各与力に、同心宛に届けられたものは各同心に分配された。記録によると、与力らの受け取った金額は、年間ひとり一千両になったという。だから、与力にしても同心にしても、内証《ないしょう》は豊かなものだった。

臨時廻り同心以外の同心も、軍兵衛のように付届を受け取っていた。定廻りをはじめとしてそれぞれが、役目に応じて町屋や大名家から、同じような額を頂戴していたのである。また、そのような付届を受けていなければ、岡っ引を手足のように使うことは出来なかったとも言えた。

誰がどこから幾らくらいの付届を受けているのかは、町奉行所内で受け渡しが行なわれ、受けた与力や同心がその場で受取を書いているため、誰もが知っていた。

「仕方ねえ、行くしかあるめえ」

「今からでございますか」

暮れ六ツ（午後六時）の鐘《かね》は既に聞いていた。今は六ツ半（午後七時）を回った頃だろう。軍兵衛は栄の問いには答えず、羽織を出してくれ、と言った。

付届の授受のある大名家からは、定紋《じょうもん》入りの羽織が贈られていた。大名屋敷を訪ねる時は、その羽織を着て行くのが礼儀だった。

「ここに」

栄が、背後に置いていた畳紙《たとうがみ》を手に取った。

「誰かいるか」

　軍兵衛が、羽織に袖《そで》を通しながら、奥に目を走らせた。

　母屋と渡り廊下で繋《つな》がった、離れとは名ばかりの小屋が、敷地の裏に建っていた。

　小屋は下っ引が寝泊まりするためのもので、簡単な煮炊きが出来るよう竈《かま》が設けられ、厠《かわや》も備え付けられてあった。母屋に気兼ねなく寝起き出来るようにとの配慮からだった。

　多くの同心の家には、何かの時のために、殆《ほとん》ど連日のように下っ引が寝泊まりしていた。同心の中には、それをよいことに下っ引を下男代わりに使う者もいたが、軍兵衛は馴《な》れ合いになるのを嫌い、滅多《めった》に寝泊まりをさせなかった。

「今夜は、佐平さんが」

　佐平の女房は、転んで足の骨を折った義母の世話をしに、夫の里へ帰っていた。佐平の里は安房《あわ》だった。暫くの間は独り者になりやすんで、便利に使ってやって下さいやし。軍兵衛は、千吉に言われていたことを思い出した。

「呼んでくれ」

　竹之介が奥に走った。渡り廊下に続く戸の開く音がし、間もなく佐平が現われた。

三

越前国丸岡・有島家の上屋敷は、幸橋《さいわいばし》御門の南に延びる愛宕《あたご》下大名小路《だいみょうこうじ》の一角にあった。

八丁堀からは、南西《ひつじさる》の方角に進み、比丘尼橋、土橋と渡って約二十八町（約三キロメートル）。急げば、宵五ツ（午後八時）を回った頃には着けるはずだった。

「提灯なんぞ後だ。走るぜ」

軍兵衛は佐平に言うなり、地を蹴《け》った。風が小さく唸り、木《こ》の葉が一斉にふたりの後を追った。

土橋を過ぎると、浜御殿を越えて吹き付けて来る潮風が、背筋を凍《こご》えさせた。

大名小路に入った。大門脇に設けられた物見窓《ものみまど》が、鈍《にぶ》い明かりを孕《はら》んで間遠《まどお》に見えた。

物見窓のある出番所《でばんしょ》は、家格により厳しく数が定められている。五万石以上ならば大門の左右に、五万石に満たなければ片方にしか付けられなかった。有島家は四万五千石。片側だけの出番所に声を掛けた。

物見窓が細く開き、当直の家士《かし》が何事かと問うてきた。

「某《それがし》、北町奉行所の鷲津と申します。用人の沢崎甚九郎様から至急の御用と承《うけたまわ》り参上仕《つかまつ》りました。お取り次ぎを願いたい」

家士の眉が、さっと開いた。

「お待ちしておりました。直ぐお開けしますので、お待ち下され」

家士の顔が窓から消え、潜り戸を開けるよう、門番に命じている。

潜り戸が内側に開いた。軍兵衛が通り抜けるのと同時に、玄関脇の暗がりを影が走り抜けて行った。沢崎に軍兵衛の到着を知らせる者だとすれば、一刻を争う何事かが起こったのだろう。軍兵衛は、佐平に門番の詰所で待つよう言い置き、案内の者に従った。

玄関の式台に出迎えの家士がいた。ひとりが手に袱紗《ふくさ》を広げている。腰の大刀を引き抜き、その上にのせた。もうひとりが先に立って廊下を奥に向かって歩き始めた。

廊下の隅に置かれた角行灯《かくあんどん》の灯が揺れ、明かりが躍《おど》った。寒い。歩く度に、足裏がきりりと冷えた。

「こちらに」

先に立っていた家士が一室の前で膝を突き、襖《ふすま》を開けた。

軍兵衛のための座がしつらえてあった。沢崎甚九郎が閉じていた瞼《まぶた》を開いた。

軍兵衛が腰を下ろすのを待って、家士が預かっていた刀を背後に置いた。

家士が去るのを待って、沢崎が口を開いた。

「夜分にもかかわらず、斯様《かよう》に早く来ていただけるとは、何と御礼を……」

「御当家とは、昨日今日のお付き合いではございません。何が起こったのか、手短に話して下さい。ことによっては、直《ただ》ちに動かなければならぬかもしれません」

軍兵衛が、単刀直入に切り込んだ。

「相分《あい》かった。されば、早速《さっそく》に」

実は、と沢崎が、僅《わず》かに身を乗り出して話し始めた。

「当家下屋敷の中間に惣助《そうすけ》という者がおった。その者が、下屋敷の納戸《なんど》からある御品を盗み出し、姿を暗《くら》ましたのだ」

博打《ばくち》好きの男だと言う話でな、と沢崎が言った。それを売り払った金で、借金を返すつもりだったのであろう。

「何を盗《と》られたんです？」

「さる御方から贈られた能面《のう》なのだ」

茶碗《ちゃわん》ひとつで幾ら、茶筅《ちゃせん》ひとつで幾らと競うのが、苦労を知らぬ大名の遊びだと聞いていた。軍兵衛は舌打ちしたいのを堪《こら》えて訊いた。

「さぞや高価なものなんでしょうな？」

「ところが、そうではないのだ。これが高名な面打ちの作ならば家宝にもなろうが、名も無き者の作でな、出来映えも中の上、いや中の下といったところのものなのだ。だから、頂戴した日から納戸に仕舞われたままであった。身共《みども》も一度しか見たことはないが、酒飲みで鳴らす当家九代当主をからかわれて、本家筋の御方から贈られた《猩　々《しょうじょう》》の面《おもて》であった」

「で、私に何をせよと？」

「その《猩々》の面を取り戻してほしいのだ」

「碌《ろく》でも無い面をですか」

「面よりも重要なのは、面を入れてある箱なのだ。箱書に、御品を下された御方の名と、当家及び九代様の御名が記されておってな、そのような御品が市中に出たとなれば、その御方にも申し訳が立たず、また当家の名折れともなるのだ」

「いつ頃盗まれたのか、分かるのですか」

「三日前になる」

「それはまた随分と早く気付かれましたな」

「惣助が逃げ去るところを、奥女中が見付けたのだが……」

「何が盗まれたのか調べるのと、惣助を探すのに手間取っていたのですな？」

「左様だ。江戸は余りに広い。我ら田舎者《いなかもの》では探せぬ。頼む。取り戻してはくれぬか」

「そのために参ったのです」

「ありがたい」

沢崎の顔に赤みが射《さ》した。

「手放しで喜ばれても困ります。三日あれば、売られているかもしれません。もし売られていたとしたら、恐らくは盗品のみを扱う市で売られたと見るのが順当でしょう。そうなると……」

軍兵衛は眉を寄せた。

「戻らぬのか」

「取り戻すには、奉行所の力では足りません。裏の力が必要となります。そこを動かすには金が要ります。よろしいですか」

「致し方あるまい」

「そのお覚悟があれば、必ず取り戻してご覧に入れます。早速にも手を打ちますが、それよりも何よりも、まずは惣助を捕えねばなりません。惣助に詳しい御方は？」

「下屋敷におるが、一応その者に、惣助について他の中間から訊いたことを書き出させておいた」

半紙に年齢、生国《しょうごく》、中間として雇い入れた口入屋《くちいれや》、そして人相と特徴が書き記されていた。

「流石、沢崎様ですな、助かります」

半紙の文字を読み上げた。

「歳は三十四。生まれは武州《ぶしゅう》川越《かわごえ》。口入屋は、小舟町《こぶなちょう》の《湊屋《みなと》》。身の丈《たけ》、四尺七寸（約百四十一センチメートル）。眉薄く、目細く、唇厚し。小柄で痩身《そうしん》、ですか。これを書かれた方は」

「草野征一郎《くさのせいいちろう》と申す者だが」

「その草野様に会わせちゃいただけませんか」

「構わぬが、何か」

「同心として町に出る時、必ず言われるのは、鵜呑《うの》みにするな、です。草野様の調べを疑う訳ではありませんが、己の目と耳で中間の話を聞かないと落ち着かないもので」

「分かった」

「早速明日にでも伺《うかが》いましょう。ついては、草野様に私が行くと使いの方を出しておいて下さい」

「身共が参っていよう」

「それは助かります」

「鷲津殿」と沢崎が改めて、膝に両の拳《こぶし》を置き、頭を下げた。「取り戻した暁《あかつき》には礼をさせていただくのでな、重ねて頼みましたぞ」

「そのご懸念はなく」

「それではこちらの気が済まぬ」

軍兵衛は、それには答えずに尋ねた。

「明日は、いつ頃伺えば？」

「下屋敷の場所は」

「存じております」

上屋敷から品川《しながわ》方向に南下し、増上寺《ぞうじょうじ》を西に見ながら将監橋《しょうげんばし》を渡る。その先には各大名家の上中下屋敷が建ち並んでおり、有島家の下屋敷は古川《ふるかわ》に面したところにあった。

「昼四ツ（午前十時）では遅いであろうか」

「よい頃合かと。他にも回るところがあるので、こちらの羽織は着て行けませんが、悪《あ》しからず」

「そのようなことは、お気になさらずに」

「助かります」

「では」

沢崎が手許の鈴を振った。人気《ひとけ》もなく、水を打ったように静まり返っていた屋敷の中に、鈴の音が響いた。

廊下に足音が立った。ふたりだった。ふたつの足音は密やかな歩みを重ねて、襖の向こうで止まり、膝を突いた。

「お帰りじゃ」

襖が開くと、家士のひとりが座敷に入り、軍兵衛の背後に置かれていた大刀を袱紗に包んで持ち上げた。軍兵衛は沢崎に軽く会釈をして立ち上がった。

家士に挟まれて玄関に着いた。ひとりが大門脇の詰所まで先に立った。

「鷲津殿のお供の方は？」

「へい、あっしでございます」

佐平が勢いよく飛び出して来た。

潜り戸が閉まり、閂《かんぬき》が掛けられた。

軍兵衛は、提灯を手にした佐平を促して歩き始めた。提灯の灯《ひ》が風に揺れ、揺れる度に白い土塀に影が躍った。行く手に広がる暗闇が、寒さを余計に募《つの》らせた。

刻限は五ツ半（午後九時）を回ったところだった。町木戸が閉まるのに半刻、見附《みつけ》御門の小扉が閉まるまでには一刻半（三時間）あった。夏場ならば慌てる刻限ではなかったが、陰暦十一月ともなると門限を過ぎた大名小路の人通りは絶えていた。

ふたりはもう二筋《ふたすじ》浜御殿寄りの通りに回った。金杉橋《かなすぎばし》から芝口橋《しばぐちばし》に通じている東海道だった。真っ直ぐ北に向かえば日本橋《にほんばし》に出た。

茶店が、戸を閉《た》てている。一日中人が行き来している品川からの道筋とは言え、間もなく人の通りが絶えるのだろう。通りに零《こぼ》れていた灯が、戸を閉てる度に消えて行く。取り残されるような寂しさが、ふたりの足を速めた。

「旦那」と佐平が言った。

「何だ？」

「探すのは、中間の惣助って野郎でございやすか」

佐平には、何も話してはいなかった。

「どうして知っている？」

「門番が、惣助って奴が下屋敷の納戸から何か盗んでいなくなったらしいが、そのお調べか、と訊いてきたので」

「屋敷内では知れわたっているらしいな」

「そのようで」

「急がねえと、捨て値で売っちまうな」

風に砂が舞い上がった。佐平が袂《たもと》で顔を覆《おお》った。

「着いたら、熱いのを一本つけて持って行くんだぞ」

「ありがとうござんす。でも、もう遅いですから」

「遠慮するな。それに、俺が飲みてえんだ。付き合え」

「へい」

「そいつを飲んで、布団《ふとん》を引っ被《かぶ》って寝ちまおうぜ」

「旦那、裏の小屋は隙間風《すきまかぜ》が入らないので、なかなか暖《あつた》かいんでさあ」

「それじゃ、母屋よりいいじゃねえか」

「済《す》いやせん」

「気に入らねえな。明日、羽目板を一枚剝《は》がすかな」

「旦那、そいつはあんまりだ」

「いいや、気に入らねえ」

　言い終えた軍兵衛が、大きな嚔《くしやみ》をした。

「ほらご覧なさい。罰が当たったんですよ、旦那」

　笑った佐平が、顔を歪《ゆが》め、立て続けにふたつ嚔を放った。

四

　十一月十日。

鷲津軍兵衛は、その日の立ち回り先を日録《にちろく》に記すと、岡っ引・小網町の千吉をともない、奉行所を後にした。下っ引の新六と佐平には、刻限になったら、似絵を作るために絵師の菱沼春仙《ひしぬましゆんせん》を連れて、有島家の下屋敷に来るよう命じてある。まだ同心の出仕の刻限である朝五ツ（午前八時）を少し回ったところだった。

しかし、江戸の町は疾《と》うに目覚めていた。

暁七ツ（午前四時）には早立ちの旅人が出掛け、七ツ半（午前五時）には三十六見附の御門の小扉が開き、明け六ツ（午前六時）ともなれば、見附御門の大扉が開き、町木戸も開き、お店者が商いを始めようと店先を掃《は》き清め、水を打つ。口入屋の朝も、早かった。大名家やお店への奉公斡旋《あつせん》などの他に、日傭取《ひようとり》の口の世話もあったからだった。日雇いの賃金は安く、得られる利鞘《りざや》は僅かだったが、需要が多く、大切な商いであった。

《湊屋》の主・金三郎《きんざぶろう》は、阿漕《あこぎ》な鞘を取らないことと、身許のしっかりとした者を奉公させることで知られた男だった。

その《湊屋》が、惣助のように手癖の悪い者を、どうして大名家に送り込んだのか。軍兵衛には合点《がてん》が行かなかった。

（代が替わったのか）

そのような噂《うわさ》は聞いていなかった。それとも聞き逃していたのか。聞き逃しているようならば、臨時廻りの同心としては焼きが回ったと言われても仕方なかった。千吉に訊いた。千吉は小舟町の隣の小網町に一膳飯屋を開き、女房に切り盛りをさせている。岡っ引が、近くの口入屋の主について、知りませんでしたでは通らない。

「代替わりなんぞ、してはおりやせんですが」

「そうかい……」

《湊屋》には直ぐに着いた。

早朝ならば店先まで溢《あふ》れている人足どもも、働き口を宛《あて》がわれたのか、粗方《あらかた》姿を消していた。

「御免よ」

千吉が、掛け声とともに《湊屋》に入った。

帳付けをしていた金三郎は、眉を曇らせかけたが、千吉の背後にいる軍兵衛に気付き、慌ててにこやかな表情を作った。

「これはこれは、八丁堀の旦那に親分。今日はいかがなさいました？」

「ちいと訊きたいことがあってな……」

千吉が言った。

「手前で分かりますことならば、何なりと」

「訊きてえのは、他でもねえ。お前さんが世話した中間のことだ」

「それでしたら、ここでは何でございますから、奥で伺いましょう」

「知っているのか」軍兵衛が訊いた。

「はい」

「誰から聞いた？」

「有島様の御家来衆でございますが」

下屋敷に、惣助について調べた者がいた。その者が、三日の間に口入屋を調べることは十分あり得た。

「草野征一郎殿か」

「よくご存じで。その通りでございます」

「いつ来た？」

「四日前になります」

「その日のうちに来られたってことでやすね」千吉が軍兵衛に言った。

「裏を返せば、手掛かりが他には何もなかったってことかもしれねえな」

「そうでございやすね……」千吉が額《ひたい》を掌で打った。「あっしとしたことが、動きの早さに引き摺《ず》られそうになってしまいやした」

「無理もねえ。確かに、いい動きだからな……」

軍兵衛は答えながら金三郎を見た。金三郎の目が左右に泳いでいる。

「どうしたい？」

「ここでは何ですので、どうか奥へ」

大名家か旗本家の家士らしい侍《さむらい》が数名、軍兵衛らの話に耳をそばだてていた。商いの邪魔をする訳にはいかなかった。

「分かった」

「ありがとう存じます」

旦那方を奥へ、と金三郎が、番頭と手代に目配せをして言った。

番頭が先に立ち、土間をぐるりと回って店奥へと向かった。手代は、客らに話し掛け、注意を逸《そ》らしている。軍兵衛が、内暖簾を手で分けた。

茶を一口啜っているうちに金三郎が現われた。

「相済みません。お待たせしました」

「そんなに待っちゃいねえ。詫《わ》びるのはこっちだ。忙しいところを、突然に済まねえな」

「とんでもございません」

金三郎が慇懃《いんぎん》に頭を下げた。

「商売の最中だ。手短に訊こう。お前さん、惣助という名を聞いて、直ぐに思い出せたか」

「それはもう。三、四か所でしたか、世話しております。忘れるものではございません」

金三郎が当然だと言わんばかりに胸を張ってみせた。

「世話した働き口だが、その三、四か所とも中間か」

「左様でございます」金三郎が頷いた。

「手間だろうが、どこの御屋敷か、教えちゃくれねえか」

「造作《ぞうさ》も無いことで」

金三郎は手を叩いて人を呼ぶと、惣助の台帳を持って来るように言い付けた。

台帳には紹介札の写しが、人別毎に糊付《のりづ》けされている。

間もなくして、惣助の台帳が届いた。早い。整理がよくされているのだろうか、それとも。
「草野征一郎殿も、見せてくれと言ったのか」
「左様でございます」
惣助の台帳には、四枚の紹介札の写しが貼《は》り付けられていた。金三郎は写しをめくると、これまでにお世話した御家中でございます、と言いながら、束《たば》を軍兵衛の膝許に滑らせた。下の三枚に記された大名家は、
陸奥《むつ》国棚倉《たなぐら》・小笠原《おがさわら》家
出羽《でわ》国上山《かみのやま》・松平《まつだいら》家
下野《しもつけ》国烏山《からすやま》・大窪《おおくぼ》家
だった。その三枚には、御役目、勤めた期間、辞めた訳、給金などが細かく記されていたが、一番上の越前国丸岡・有島家の紹介札には御役目と給金しか書き込まれていなかった。
「写させてもらうぜ」
軍兵衛は千吉に手渡すと、金三郎に訊いた。
「《湊屋》が世話するんだ。惣助の手癖が悪かったとも思えねえが」
「真面目《まじめ》な男でしたが、大窪様の中間をしていた頃、博打を覚えたとか耳にした

ことがございます」

江戸開府以来、烏山は改易《かいえき》や転封《てんぽう》が繰り返されてきた国だったが、享保《きょうほう》年間に大窪氏が国入りして以来、転封の波も遠去かり、治世《ちせい》も落ち着いてきた。ところが、歳出を削減するため、常雇いの中間を置かず、必要な時だけ渡り中間を雇い入れるようになった。そのため、いつしか下屋敷は渡り中間の巣になり、江戸でも指折りの賭博場《とばくじょう》と化していたのだ。

「そこで大負けしたんですかね」千吉が訊いた。

「恐らく、そんなところだろうな」軍兵衛が答えた。

「惣助が何を盗んだのか、お訊きしてもよろしゅうございましょうか」

「草野殿からは訊かなかったのか」

「正直に申し上げると、答えていただけませんでした」

「ならば、俺も言えねえ。大名家の内情に触れることだからな。勘弁してくれ」

「余計なことをお訊きいたしました」

「気にするねえ」

千吉が矢立に筆を納め、写しを金三郎の手許に戻した。金三郎は、文机《ふづくえ》から朱筆を持って来ると、勢いのある筆捌《ふでさば》きで斜めに線を入れた。

「しくじりをした者は二度と世話をいたしませんし、口入屋仲間に回状を送り、江戸では働けぬようにいたします」

「厳しいもんだな」

「見知らぬ他人を御屋敷の中に入れさせていただくのです。信用を失くしては成り立ちません」

「そうだろうな……」

邪魔した、と千吉を促して立ち上がろうとした軍兵衛の膝許に、金三郎が小さな紙包みを置いた。

「これは、失礼とは存じますが……」

軍兵衛は、紙包みと金三郎を交互に見比べた。

「恐れ入りますが、出来ることならば、《湊屋》の名をお出しにならぬよう……」

「《湊屋》さんに落度があった訳じゃねえんだ。こいつは受け取れねえよ。商いの邪魔をする気もねえから、気にしないでくんな」

軍兵衛は立ち上がると、板廊下を表へと大股《おおまた》に歩き出した。千吉が続いた。

《湊屋》を出るなり、軍兵衛が言った。

「下屋敷に行くぞ」

へい、と千吉が答えた。

将監橋を渡り、金杉川に沿って西に折れ、隣接する大名家の上屋敷や下屋敷の間を抜けると、金杉川の支流に行き着く。古くからあるので古川と名付けられた川の南北に、一之橋、二之橋、三之橋と橋が並んで架《か》かっている。橋の向こうは麻布《あざぶ》であった。

有島家の下屋敷は、二之橋の手前にあり、両隣は寺社だった。

大門から少し離れた木立《こだち》の脇に、新六と佐平が絵師の菱沼春仙とともに待っていた。

軍兵衛が作ろうとしていたのは、町奉行所が公《おおやけ》にする正式な人相書とは別のものだった。

人相書は、『御定書百箇条《おさだめがきひやつかじよう》』にあるように、公儀への謀叛《むほん》、主殺し、親殺し、関所破りの者を捕えるための手配書のことである。似絵はなく、顔かたちや容姿の特徴のみが箇条書にされていた。

しかし軍兵衛らは、似絵をよく用いた。似てさえいれば、探索の助けになるので、絵師を選んで描かせるのを好んだのだ。

町奉行所は、同心らが似絵を描かせることで凶悪な者が捕まるならと、半ば黙認していた。

軍兵衛ら北町奉行所の同心部屋では、似絵の絵師として四人を選び、それぞれ頼んでいたが、軍兵衛はいつも春仙だった。

――春仙先生の似絵の凄《すご》いところは、顔かたちを写すだけではなく、その者の生《お》い立ちまで描き込んでいることだ。

と千吉らに話したことがあった。

顔触れが揃《そろ》ったところで、軍兵衛が先に立ち、門番に来意を告げた。

門番の詰所にいた控えの者が奥に走り、もうひとりの者が軍兵衛らを玄関脇へと導いた。

沢崎甚九郎が若い家士をともなって直ぐに現われた。

「ご足労、かたじけない。この者が……」

「草野征一郎です」

歳は二十五、六か。無駄な肉のない、道場で鍛《きた》えた身体をしていた。

「北町の鷲津軍兵衛と申します。これらは」

と千吉らを振り返り、手の者と惣助の似絵を描く絵師だと伝えた。

深々と腰を折ろうとした草野を、沢崎が制して、

「挨拶《あいさつ》は」と言った。「後でということで、先《ま》ずは中間部屋へ」

中間部屋は、敷地をぐるりと回り、裏の御門や風呂場の更《さら》に奥にあった。

大名屋敷は支配違いなので、町方の者が敷地内に堂々と入れる機会は滅多になかった。千吉らは、後ろから行くのをよいことに、無遠慮に四囲《しい》を眺めては奥へと進んだ。

「納戸は」と、軍兵衛が訊いた。「見せてもらえるのでしょうか」

「それは勘弁願いたい」沢崎が答えた。「あそこは儂《わし》の一存では開けられぬのだ」

納戸の出入りには、納戸奉行の許しを得なければならない。そうと知ってはいたが、試しに訊いてみたのだった。

「止《や》むを得ませんな」

「融通《ゆうずう》がきかぬと思われるかもしれませんが、善くも悪しくも、それが大名家なのです。お許し下さい」

草野征一郎が、沢崎の耳を気にも留めずに言った。それが有島家の家風なのか、草野の気質なのかは分からなかったが、それよりも何よりも、草野が町方に嫌悪感を抱いていないことが物言いから受け取れた。尋ねた。

「《湊屋》を調べられたようですな？」

「もうご存じですか」

「惣助の台帳をご覧になられたとか」

「調べたい御屋敷が出て来たのですが、他家に踏み込む訳には行きませんし、困り果てておりました」

「鳥山の大窪家ですな」

「はい」草野が、即座に答えた。嘘《うそ》の吐《つ》けぬ質《たち》らしい。「調べていただけますか」

「万一の時は調べに行くかもしれませんが、その前に何とかしたいと思っています」

「なりますか」

「そのためにも、先ずは中間から話を訊いてみましょう」

「分かりました。惣助と親しかった者を四人、集めてあります。何なりとお尋ね下さい」

「そうさせてもらいます」

「部屋は必要でしょうか」

「出来れば」

渡り中間の多くは、叩けば埃《ほこり》が出る身体だった。

軍兵衛は、集められた四人に、お前らのことは問わない、と言った。

「たとえ、人を五、六人殺していようと関係ねえ。何も訊かねえ。惣助について知っていることだけ答えてくれりゃそれでいいんだ」

軍兵衛の一言で、中間どもの顔色が変わった。血の気が射して来たのである。

沢崎甚九郎と草野征一郎は思わず顔を見合わせた。

「俺は気が短《みじけ》えんだ。徒《いたずら》に長引くのは嫌いだ。お前らも、そのつもりで頼むぜ」

軍兵衛は、一方の部屋で惣助について尋ねている間に、もう一方の部屋でひとりずつ惣助の人相を話させ、春仙に似絵を描かせた。四枚の似絵を見比べ、それを合わせて更に似たものを作ろうとしたのである。

中間どもから訊いた話に、目新しいものはなかった。

博打を覚えたのは大窪家の下屋敷で、有島家に移ってからも足繁《あししげ》く大窪家の下屋敷に通っていたらしい。

「心得ました」

「二部屋《ふた》もあれば」

「幾部屋？」

でしょうよ」

「少しばかり目を読めるようになったってんで、気が大きくなって、大損したん
中間のひとりの言葉だった。

やがて、似絵が出来上がった。

「これは生き写しですぜ」

中間どもが口を揃えた。

千吉らが食い入るように見詰めた。

「表立って散蒔《ばらま》く訳にはいかねえが、枚数が要るぞ」

「およそ何枚でやしょう？」

「そうさな、百五十ってところだろう。大急ぎで摺師《すりし》に回してくれ」

「承知しやした。あっしが参りやす」

「頼むぜ。誰の仕事を受けていようと、先にやらせるんだぞ」

何《なあに》、四の五のなんぞ言わせやせん。千吉は新六と佐平に後を任せると、中間に
案内させて裏の御門に急いだ。

「これから彫って、いつまでに摺り上がるのですか」

走り去る千吉の後ろ姿を見送っていた草野が、軍兵衛に訊いた。

「乾いてくれれば、遅くとも今夜には」

「そんなに早くですか」

「墨の一色摺りです。彫って摺るだけですからね。それ以上日にちが掛かっていたら、捕物《とりもの》なんぞに使えやしません」

納得したのか、草野は大きく頷いて、沢崎を見た。

「鷲津殿」沢崎甚九郎が、思い詰めたような表情をして軍兵衛に訊いた。「急《せ》かせるようで心苦しいのだが、いつ頃までに取り戻していただけようか」

「そうですな」軍兵衛は、その場に居合わせた頭数を数えた。筆を洗っている春仙を除いて五人いた。答えた。「明日から五日以内には、何とか」

沢崎と草野が、新六と佐平が、思わず顔を見合わせた。


丁度、その頃――。

臨時廻り同心・加曾利孫四郎の手先として市中を見回っていた、岡っ引・霊岸島浜町の留松の子分・福次郎が、浅草御蔵《あさくさおくら》を通り過ぎ、駒形町《こまがたちよう》に差し掛かったところで、不意に足を止めた。

「どうしたい？」留松が訊いた。

「今、そこを」と言って福次郎が、諏訪社《すわしや》脇の路地を指さした。「すっと、そっちに歩いて行った娘っ子、見やしたか」

「何でえ、お化けでも見たよな面《つら》しやがって。何を見たんだよ？」

「驚きっこなしでやすよ」

「真っ昼間から誰が驚くか」さっさと言っちまえ、と留松が苛立《いらだ》たしげに言った。

「鷲津様の若様のお嬢様で……」

何だァ、若様のお嬢様たァどう言う意味だ。突っ掛かろうとして、留松は思い当たるものを覚え、立ち止まった。

「手前《てめえ》、まさか、蕗《ふき》とか言う娘のことを言っているんじゃあるめえな」

「そのまさか、で……」

「情けねえ声を出すねえ。あの娘が、江戸になんぞいる訳がねえじゃねえか」留松の手が福次郎の襟首を摑《つか》んだ。「手前、目ン玉開けてよっく見やがれ。どこにいるってんだ？」

「でも親分、確かに、あの蕗って娘でした。あっしが見間違えるはずなんてありゃしやせんよ」

「冗談じゃあねえ。江戸にいられて堪《たま》るかってんだ」留松が、諏訪社の辺りを鋭く見遣った。「あれの父親《てておや》のことは、手前が一番よく知っているだろうが」

　蕗の父――。

　押切玄七郎《おしきりげんしちろう》は、俸禄十二俵一人扶持の黒鍬者《くろくわもの》だった。十二俵一人扶持は、金子に換算すると約六両。下女の給金が年二両の時の六両である。御家人としての暮らし向きを支えるには余りに少なかった。そんな玄七郎の窮状に目を付け、殺しの元締《もとじめ》が剣の腕を買いたいと申し出た。玄七郎は、病弱な妻の薬料を得るために誘いにのり、町方から《黒太刀《くろだち》》と呼ばれる、凄腕の殺しの請け人となった。その一件は、玄七郎と立ち合った軍兵衛の危機を見兼ねた福次郎が、玄七郎を刺し殺し、病死として葬《ほうむ》ったことで片が付いていたが、ひとつ問題が残った。

　軍兵衛の息・竹之介と玄七郎の娘・蕗が、恋心を芽生《めば》えさせていたことだった。しかし、それも蕗が武蔵国忍《むさしおし》・阿部《あべ》家の黒鍬者である伯父《おじ》の家に引き取られるという形で身を引いたことで、一応の決着を見せていた。

「黒鍬の組頭の配慮で病死としてもらったが、何と言ってもあの娘は殺しの請け人の子なんだからな」

　鷲津様は、今はまだお元気に市中に出ておられるが、それも後十二、三年のことだろう。跡を継がれるのは竹之介様だ。その北町の同心の嫁《よめ》に、請け人の娘が成れるはずがねえだろうが。留松が口を歪めるようにして言った。

「しかし、その頃には、覚えている奴なんざおりゃしませんよ」

「手前は忘れちまえるのか。俺は覚えているぜ。黒鍬の組頭も覚えていなさるだろう。何より当人の蕗が忘れやしねえ」

「誰も言いやしやせんよ」

「百歩譲って、誰もが口を噤《つぐ》んだとしよう。でも、それだけじゃねえ。もし竹之介様とあの娘が祝言《しゅうげん》を挙げたとしよう。手前は、どうなる?」

「あっしが、ですか」

「手前は、御新造《ごしん》さんの父親の仇《かたき》になるんだぜ」

「そんな……」

「手前は悪くねえ。そんなことは、鷲津様も竹之介様もあの娘も分かっている。俺もだ。だが、気持ちでは分かっていても、どうしようもないのが心って奴だ。手前の足は、鷲津様から遠退《とおの》いてしまうようになる。分かり切ったことじゃねえか」

「じゃあ、どうしろってんです」

福次郎の声に、涙が混じった。

「手前が見たのは、黒鍬の娘か否かはっきりとはしてねえんだ。見間違いだと思うことだ。間違っても竹之介様には話すんじゃねえぞ」

「………」

福次郎は下唇を嚙《か》み締めている。

「俺もまだ、他人様《ひとさま》のことをとやかく言える程練《ね》れちゃいねえ。が、ひとつだけ言えることがある。人は曲がり目になると、誰かを恨《うら》むことで己を支えるようになるんだ。俺にだって、そんな時はあった。誰だってそうなんだ。鷲津の旦那だって、竹之介様だってな」

もし、と言って、留松が続けた。手前の見た娘が、あの娘だったとしても、竹之介様に近付いちゃならねえことは知っている。そう思って忍に行ったんだからな。だが、思い切れねえ。他にすがる者もいねえ。だから、竹之介様のいる江戸に逃げて来ちまったんだ。放《ほう》っておけ。可哀相《かわいそう》だが見て見ぬ振りをするしかねえ。手前や俺が動いちゃならねえんだ。それが、あのふたりのためなんだ。どうあってもくっつくものなら、そらぁ、仏様のお導きでそうなるだろうよ。

「行くぜ」

留松は福次郎の背を叩くと、諏訪社に背を向け歩き始めた。

第二章　香具師《やし》・蛇骨《じやこつ》の清右衛門《せいえもん》

一

十一月十一日。

鷲津軍兵衛は、下っ引《したぴき》の佐平を供に、浅草寺《せんそうじ》を斜交《はすか》いに見ながら、田原町《たわらまち》の通りを北に向かっていた。

小網町の千吉と新六は、惣助の似絵《にせえ》を持って、自身番《じしんばん》やら賭場《とば》やらを朝から調べ回っている。

「千吉の手下《てか》になって、どれくらいになった？」

軍兵衛が突然訊《き》いた。

「今年の二月からですので、そろそろ十月《とつき》になりやす」

「どうだ、捕物《とりもの》には慣れたか？」

「とんでもございやせん。まだまだ知らねえことや、覚えることが多くて、面食らってばかりおりやす」

「岡《おか》っ引《ぴき》とか下っ引ってのは、一度曲がっちまって泥水啜《すす》った奴が多いんだが、お前は珍しく曲がる手前でこの道に入った」

八丁堀だと気付き、通りすがりに頭を下げて行く者に応《こた》えながら、軍兵衛が続けた。

「悪い奴どもを捕まえるには、悪を知っている者の方が鼻が利《き》くってことで、いつの間にかそうなったのだろうが、実を言えば俺ら同心《どうしん》も、お前と同じで泥水は啜っちゃいねえんだ。ただ、十三の歳《とし》から奉行所に出、上役や先輩らについて、町屋とか悪所を回り、どこの誰はどこの誰と繋《つな》がっているだとか、そんなことを覚え、今に至っているという訳だ」

「へい……」

「難しいことは何もねえ。ただ、しっかりと己を保っていればいいんだ」

「己を、保つんですか……」

「そうだ」

「そりゃ、どういうことでしょう?」

「これから、分かる」

軍兵衛は料理茶屋《松月亭《しょうげつてい》》の前で足を止めると、

「付いて来い」

佐平に言って、檜皮葺門《ひわだぶきもん》を潜《くぐ》った。敷石の両脇には小石が敷かれ、落ち着いた風情《ふぜい》の前庭が続いていた。

玄関先へと進むに従い、屋号を染め抜いた半纏《はんてん》を来た男衆が集まり始め、横一列に並んで軍兵衛らを出迎えた。

「今日は、何か」一番の兄貴分らしい男が言った。

「料理を食うようには見えねえかい?」

「とんでもございません。失礼いたしやした。お召《め》し上がりで?」

「いいや、食わねえ。元締《もとじめ》に会いに来たんだが、いるかい?」

「御用の筋を、聞かしちゃいただけやせんか」

「駄目だ。直《じか》に言う」

「お待ち下さい」

男は竹の小枝を編《あ》んだ大徳寺垣《だいとくじがき》に沿って奥に行き、網代戸《あじろど》の木戸門の中に消えた。

　程無くして男が戻って来た。

「どうぞ、こちらへ」

　軍兵衛に続こうとした佐平を、男が止めた。

「申し訳ございやせんが、この先はご遠慮願いたいんで」

「元締が、そう言ったのかい？」軍兵衛が訊いた。

「……いいえ」男が答えた。

「言うはずねえよな、そんなことを。構わねえから来い」

　男は、それ以上抗《あらが》おうとはせずに、先に立った。木戸門を潜ると、露地《ろじ》に沿って手入れの行き届いた植木が並び、ほころび始めた寒椿《かんつばき》が、常緑の葉の間から顔を覗《のぞ》かせていた。

　小さな四阿《あずまや》の前まで行くと、男が軍兵衛を止めた。佐平も止まった。男はひとりで二歩三歩と進み、粗《あら》い土壁の陰に声を掛けた。

「お連れしました」

　四阿の中で、衣《きぬ》の擦《す》れる音がした。年の頃は、七十を幾つか回っているだろうか、老爺《ろうや》が姿を見せた。老爺は、植木鋏《ばさみ》を男に手渡すと、ちと伐《き》り過ぎてしまったよ、と言い、改めて軍兵衛に目を遣《や》った。

「蛇骨《じやこつ》の元締、元気そうでなによりだな」軍兵衛が言った。

(蛇骨……)

これが蛇骨の清右衛門《せいえもん》か。佐平は唾《つば》を飲み込んだ。

料理茶屋を女房に仕切らせる一方で、己は小石川《こいしかわ》、谷中《やなか》、浅草を中心とした香具師《やし》の元締をしており、分家筋からの耳目《しらせ》を含めると、市中で起こっていることの大半を、その日のうちに知り得る、唯一の男と言われていた。

「旦那《だんな》に、お会いしたかったんですよ。礼を言いたくてね」清右衛門が言った。

「俺に、かい?」

「雷神《らいじん》の元締のことですよ。よい死に場所を与えて下さいやした」

雷神の房五郎《ふさごろう》のことであった。房五郎は、町火消《まちびけし》《一番組》の頭取にして《い組》の頭《かしら》を表の顔にしていたが、裏では悪党狩りを請け負う、殺しの元締でもあった。その一件については『黒太刀』に詳しいが、軍兵衛は房五郎に自決の道を与えたのだった。

「元締に礼を言われるとは、思ってもみなかった。ご同業みたいな言い方をするので驚いたぜ」

「まさか、ご冗談を」

笑い合う声に、無駄な力の入るふたりではなかった。

蛇骨が香具師の元締を引き継いだ時、金で殺しを請け負う裏の元締職も引き継いだことは、闇《やみ》の世界では周知のことだったが、それについては、奉行所《ぶぎょうしょ》がどう探りを入れても分からないでいる。

――いかに堅牢《けんろう》な仕組みでも、いつか必ず仲間割れを起こし、裏切る者が出て来る。その時を待つしかあるまい。

二十年程前に、当時の年番方与力《ねんばんかたよりき》の言った言葉だった。

そのまま、日は徒《いたずら》に過ぎていた。

「それで、今日はどういう風の吹き回しで？」清右衛門が訊いた。

「頼みがあるんだ。助《す》けちゃくれねえだろうか」

「私どもに、ですか」

「他にいるかい」

「引き受けましょう」清右衛門が言った。

「何も訊かずにか」

「で、誰を探せばよろしいんで」

　軍兵衛が片眉《かたまゆ》を上げて、清右衛門を見た。

「流石《さすが》、元締だ。偉《えれ》えいい勘をしているな」

「勘ではございません。旦那方が私どもに一目《いちもく》置いて下さるのは、裏に通じている者の目と耳の数です。ならば、導かれる答えは、裏に隠れている者を探すことじゃございませんか」

「敵《かな》わねえな。その通りだ」

　軍兵衛は佐平から惣助の似絵を一枚受け取ると、清右衛門に手渡した。

「こういう男だ。見知っていた奴らは、瓜《うり》ふたつだと言っている。縄張りうちは勿論《もちろん》、分家筋にも回してくれねえか」

　佐平が似絵の束《たば》を、僅《わず》かに持ち上げて見せた。

「何をしたんで？」清右衛門が尋《たず》ねた。

「済まねえ、話が後先《あとさき》になった」

　中間《ちゆうげん》の惣助が、有島家の納戸《なんど》から能面《のうめん》《猩々《しようじよう》》の入った箱を盗み出した。面と箱の両方を取り戻したいのだ、と軍兵衛は話した。

「旦那、御用頼《ごようだのみ》で受けたんでやすね」

「嫌か」

「旦那に貸しを作れるのなら、喜んで探させていただきましょう」

「それとな、惣助が納戸から盗んで五日になる。ものが窩主買《けいずかい》に流れていないかも調べてくれると助かるんだが」

「いつまでに？」

「言い難《にく》いんだが、頼まれた時に大見得《おおみえ》を切って、今日から五日以内、と答えちまったんだ」

「旦那、幾ら手下が多いと言っても、お江戸は広うございますからね」

「無理か」

「たっぷりと旦那に恩を売ってやりましょうかね」

「小伝馬町に誰か入っていたら、そいつの名を教えてくれねえか。手土産《てみやげ》だ」

「ふたりばかりお世話になっておりますが」

「何をやった？」

「八両の金子《きんす》を盗んだのと、板の間稼《かせ》ぎでございます」

「しょぼくれた奴どもだな」

「近頃は、そんな手合が多くなりやしてね」

「分かった。八両ならば『入れ墨の上、敲《たたき》』だが、入れ墨は勘弁してやろう。板の間は敲刑だから、直《す》ぐに出してやる。そいつらの名を教えてもらおうかい」

佐平が、驚きを隠そうともせずに軍兵衛を見ている。

「旦那は早いですな。飯を食うのと決め事が早え《はえ》奴しか信用しないのが、私どもの稼業《かぎょう》」清右衛門は、懐紙《かいし》に身内の名を手早く書くと、庭の隅に控えていた男衆を手招きしながら言った。「負けちゃおられません。私どもも動きましょう」

清右衛門は、佐平に向かって手を差し出した。佐平が、慌てて似絵の向きを直して手渡した。

「お前さん、岡っ引かい？」

「まだ、駆け出しの下っ引でございやす」

「そうかい。名は？」

「佐平と申しやす」

「よい名だ。お前さんに似合ってる」

清右衛門が、佐平の目を覗き込んだ。

「何か……」

佐平は、僅かに身を引いた。

「佐平さん、あんた、人を殺してないね？」

「当《あ》ったり前《めえ》じゃねえっすか」

「盗んだことも、騙《だま》したことも、ないね？」

「……ねえっすよ」

「佐平さんは、嘘《うそ》偽《いつわ》りのない、澄んだ、よい目をしていなさる。これから、旦那の下で、岡っ引修業をするんだろうが、忘れないでおくれ。世の中には、運が悪くて、殺したくないのに殺しちまったり、盗みたくないのに手が出ちまった奴もいるんだってことをね。それが分かっていれば、きっといい親分さんになれやすよ」

　清右衛門に圧《お》され、頷《うなず》いているところに男衆が寄って来た。

　清右衛門は、兄貴分と思《おぼ》しき男に似絵の束を渡し、惣助について聞いたことを手短に伝えた。畏《かしこ》まって聞いていた男は、清右衛門に一礼すると、男衆を呼び集め、似絵を配りながら、声高《こわだか》に指図《さしず》を始めた。

「意地でも」と、清右衛門が言った。「この二日以内に見付け出してご覧に入れますよ」

「どうでい、いっそのこと、十手《じって》を持っちゃあ？」

「それでは、悪さをしても面白くありやせんでしょう」

「違《ちげ》えねえ」

軍兵衛が笑った。清右衛門も声を出さずに笑った。

料理茶屋《松月亭》を出た後、暫《しばら》く黙っていた佐平が、太い息を吐きながら言った。

「やはり、元締と呼ばれるような人は、凄《すご》いものでやすね」

「気圧《けお》されていたようだな」

「へい」

佐平が項《うなじ》に手を当てた。

「たまには薬になっていいのだろうが、そうも言っちゃいられねえ。俺に目を見せてみろ」

「目を、でやすか」

軍兵衛が足を止めたので、佐平も止めた。軍兵衛がわざとらしく顔を寄せた。

「旦那……」

「言っておくが、手前《てめえ》の目は、そんなに澄んじゃいねえよ」

「へっ……？」

さっさと歩き出してしまった軍兵衛を、佐平は追い掛けた。並び掛けるのを待って、軍兵衛が言った。

「いいか。蛇骨の元締は、お前のことを先に調べてあったんだ。名も、生国《しょうごく》も、嫁《よめ》さんのことも、どうして下っ引になったのかも、洗《あら》い浚《ざら》いな。その上で言ったんだ。だから、誤魔化されるな。いいな」軍兵衛は尚《なお》も続けた。「しかし、間違ったことは言ってはいなかった。元締が言ったように、悪事を働く奴は、心のどこかで深く傷ついているもんだ。そのことだけ、覚えておけばいい。後のことは忘れろ」

「へい……」

「それから、小伝馬町の件だが」

「大丈夫なんですか、あんなことを言って？」

「俺の裁量を超えたことだ」

「でしたら……」

足の出が鈍《にぶ》くなっている佐平を、軍兵衛がどやした。

「愚図愚図するな。奉行所に戻るぞ。島村様への頼み事は出来ちまったし、駿府からの珍客が着く頃だろうからな」

二

北町奉行所の門前は、箒目《ほうきめ》もくっきりと、掃《は》き清められていた。恐らく島村恭介が、駿府から人が来るからと、念入りに掃いておくよう命じたのだろう。

（細かい男だ）

と軍兵衛は、年番方与力《よりき》の島村の顔を思い描いた。島村は最古参の与力で、同心支配役であった。北町は非番なので、既に大門は閉ざされている。軍兵衛に続き、佐平も右側の潜り戸から門内に入った。左側の潜り戸は囚人などが出入りする不浄の門だからである。

軍兵衛が門番に、駿府の同心が着いたか、問うた。

「半刻《はんとき》（一時間）程前に、お着きでございます」門番が答えた。

「そうか。ありがとよ」

佐平は、青板の敷石を踏んで玄関に向かう軍兵衛を見送ってから、大門裏の控所に入った。用を言い付かるまでひたすら待つ、岡っ引用語で言う、《詰め》であった。

控所に、霊岸島浜町の留松の下っ引である福次郎がいた。板壁に凭《もた》れ、何か考え込んでおり、佐平が入って行ったのにも気付かずにいる。

福次郎は、暫くの間凝《じ》っとしていたが、掌《てのひら》で顔を擦《こす》ると太い息を吐き出しながら、ふと顔を上げた。佐平と目が合った。気まずそうに、福次郎が僅かに頭を下げた。佐平は、礼を返してから目を閉じた。

軍兵衛は、年番方与力の詰所に島村恭介を訪ねるところだった。

島村の前に旅装の武家が座っていた。駿府町奉行が認《したた》めたものなのか、書状が島村の手許《てもと》にあった。軍兵衛に気付いた島村が機嫌よく手招きをした。

「何をしておる、ささっ、入るがよい」

島村は座る位置を掌で示しながら、軍兵衛の名と御役目を武家に伝えた。武家が膝《ひざ》を揃《そろ》えて、深々と頭を下げた。

「こちらが、駿府町奉行所同心の西ヶ谷勝次郎殿だ」

西ヶ谷が、島村の言葉に合わせて、更《さら》に平べったくなった。

「そのように畏まらずに、楽にするがよいぞ」

島村が気配りを見せたが、

「とんでもございません」と西ヶ谷は、頭《かぶり》を振ってみせた。「八丁堀の方々は、我らの憧《あこが》れでございます。駿府辺《あた》りの田舎盗《いなかぬす》っ人《と》など、八丁堀と聞いただけで腰を抜かします。それはそうでしょう。公方《くぼう》様のおわしますこの広い江戸の町を、取り締まっておられるのです。並々ならぬご器量がなければ、とても務まりません。私など、せっかく八丁堀の方々とお近付きになれるのだから、毎日爪の垢《あか》を煎《せん》じて飲ませていただき、少しでも皆様に近付けるよう、日々精進《しょうじん》せいと上役からきつく申し付けられて参りました。何卒《なにとぞ》よろしくお引き回し下さいますよう、お願い申し上げます」

「買い被《かぶ》りですよ。参りましたな、島村様」

軍兵衛は西ヶ谷の歯が浮くような世辞《せじ》に閉口《へいこう》し、島村に救いの手を求めた。しかし、島村は笑いを噛《か》み殺して、横を向いている。そこに至り、軍兵衛を手招きした島村の真意を悟った。散々おべんちゃらを聞かされ、弱り切っていたところに顔を出したのだ。

軍兵衛は話題を変えることにした。

「駿府は、賑《にぎ》やかなところだそうですな?」

「行かれたことは?」

「品川の先は、まったく」

「左様でございますか、と申しましても、私も由比《ゆい》からこちらは今回が初めてなので、比べると言っても、よく分からないのですが。駿府は凡《およ》そ一万五、六千人、江戸は五十二、三万人。人数から言えば、比べものになりませんとは申せ、駿府は不思議な町でございまして」と西ヶ谷が膝を乗り出すようにして続けた。

「城があるのに殿様がおられぬことがひとつ。その代わりに城代様が詰めていることがひとつ。また、城の内外の警備に携《たずさ》わる在番の方々の勤めが一年で交替になるため、新たに勤めに入られる上り組と任期の明けた下り組で、一時《いっとき》町中がざわつくことがひとつ。そこに、東海道の宿場であることが絡《から》みますので、まあ賑やかでございますな」

「ふむ」

相槌《あいづち》を打っている間に、島村は完全に向こうを向き、何やら書面に筆を入れ始めている。軍兵衛は、明日から、こいつの顔を見たら避けて通ろうと心に決め、お愛想《あいそ》に尋ねた。

「それでは同心の皆さんも、さぞや忙しいことでしょうな?」

「ところが、ところが」西ヶ谷の目が輝いた。「駿府の町は、町内を組頭が仕切り、その組頭の中から選ばれた町頭《まちがしら》が組頭を仕切り、その町頭の中から当番で選ばれた年行事《ねんぎょうじ》が駿府の町を仕切るというように町方《まちかた》三役がしっかりしておりますので、治安を乱す者などが出た時は、あらよっ、と追放するだけの力を持っているのでございます。ですから、私どもの一番の仕事は畑を耕すことですな」

「畑、というのは、何か縄張り争いでもあるのですか」

畑は、江戸の岡っ引用語で、己の縄張りを意味していた。

「はい？」西ケ谷は、暫くの間あんぐりと口を開けていたが、やがて、八丁堀の方は、と言った。「畑を知らないのですか。鍬《くわ》や鋤《すき》で土を耕して、青菜を作ったりする地面のことでございますが」

「では、改めて尋ねる。何ゆえ畑を耕すのだ？」軍兵衛は詰問《きつもん》口調になることも構わずに訊いた。

「はっきり申しまして、貧しいからであります。我ら駿府の同心は、二十俵二人扶持《ぶち》。青菜を作るか、傘張りをするか、竹細工を拵《こしら》えなければ、妻子を飢《う》えさせてしまうからであります」

（まあ、よく口が動くものだ）

「分かった」軍兵衛は、とめどなく話そうとする西ケ谷を掌を翳《かざ》して押し止《とど》めた。「その西ヶ谷殿が、何ゆえわざわざ江戸まで来られたのですか。《絵師》という、人を殺すことを何とも思わぬ不届き者が江戸に向かっている、と知らせれば済むのではありませんか」

「そのこと、そのこと」突然、島村が手を止め、振り向いた。

「私だけなのです」と西ヶ谷が、島村と軍兵衛を交互に見ながら言った。「《絵師》を見たのが。見たと申しましても、斜め後ろからなので、もうひとつ確信が持てないのですが」

「やはり」と軍兵衛が、島村に言った。「これは、仙十郎でございますな」

「ともに市中を歩いてもらうか」

江戸は広いぞ、と島村が、江戸の実測図である『江戸大絵図』を西ヶ谷の目の前に広げた。

「八丁堀の組屋敷を用意してあるので、そこで寝起きをしながら、定廻《じょうまわ》り同心の者について江戸を歩くとよい。自身番を巡り歩くので、何か異変があれば直ぐに耳に届くぞ」

「それは何よりでございます」西ヶ谷が頭を下げた。

「煮炊きだが、面倒ならば、誰ぞ下っ引を住まわせるが？」

「煮炊きは得意ですし、どうも気心の知れぬ者といるより、独りの方が気楽ですので」

「相分かった」

「時に、西ヶ谷さん」と軍兵衛が訊いた。「流暢《りゅうちょう》な江戸言葉を話されるが、駿府では皆そうなのですか」

「私、江戸言葉でしたか。いやあ、ちっとも気付かなかったっけよ」

軍兵衛は、西ヶ谷の口から飛び出した威勢《いせい》のいい田舎言葉にたじろいでしまった。

「田舎者ですので、普段は駿河言葉なのですが、奉行所内では江戸言葉になることが多いのです。御奉行様や、御重職やら御家臣の方々の中には、江戸言葉で話さないとお返事を下さらない御方もございますので、いつの間《ま》にか……。江戸に来て、私、緊張しておるのかもしれませぬ」

西ヶ谷が照れたように笑った。

「成程《なるほど》……」

軍兵衛が納得するのを見届けて、西ヶ谷は小さく息を吐いた。

「その辺でよかろう。西ヶ谷殿もお疲れであろうしな」

奉行所同心らへの挨拶《あいさつ》の日取りなどを決め、西ヶ谷は中間に案内されて組屋敷に向かった。

「奴《やっこ》さん、いつまでいるんです？」

西ヶ谷の姿が奉行所から消えてから、軍兵衛が島村に訊いた。

「半月くらいという話だ」

「それまでに」と軍兵衛が言った。「《絵師》が現われてくれるとよいのですが」

「しかし、斜め後ろから見ただけでは、頼りないの」

「会っても分からないのでは」

島村が、はた、と目を見開いて軍兵衛を見た。

「それよりも……」

と軍兵衛が、島村の視線を手繰り寄せた。

「何だ？」

「年番方与力としての御力を貸していただけないでしょうか」

「断わる」

「まだ、何も言っておりませぬ」

「聞きたくないのだ。どうせ、誰ぞの罪を軽くしてくれという話であろう」

「察しがよろしいですな。その通りです」

「誰の子分だ？」

「蛇骨の清右衛門の身内でございます」

「儂《わし》の力では、入れ墨までだぞ」

「十分でございます」

「それで、命は幾つ助かるんだ？」

「少なくともひとつは」

「分かった。その者どもの名は？」

軍兵衛が懐《ふところ》から、清右衛門が書いた懐紙を取り出した。

「時に、お鷹《たか》は、どうしておる？」

板橋宿《いたばししゆく》に住む島村家の元中間に預けていた鷹は、この八月に島村家の組屋敷に移り、その二か月後の十月、つまり先月、改めて鷲津家の養女となっていた。お蔭《かげ》で栄は鷹に掛かり切りになっている。

「元気に泣いております」

「確かに、よう泣く子だな」だが、と島村恭介が言った。「その歳で、幼子の父親になったのだ。無茶は控えることだな」

三

「何で俺らが、こんな十手持ちのような真似《まね》を、しなきゃならねえんです?」

駒吉《こまきち》が、口を尖《とが》らせて平三郎《へいざぶろう》に言った。

平三郎と駒吉は、香具師の元締・蛇骨の清右衛門の子分、根津《ねづ》の三津次郎《みつじろう》、通称根津三《ねづみ》の親分の配下であった。

「元締のご命令なんだ。ぐちゃぐちゃ言ってねえで、やることやってりゃあいいんだ」

「でも、兄貴、こんなこたあ、俺らのすることじゃねえっすよ」

駒吉が、惣助の似絵をひらひらと振ってみせた。

「駒《こま》、子分である以上、手前《てめえ》の料簡《りようけん》では動けねえんだ。それが嫌なら、おん出て一家を構えろ。分かったら、四の五の言わずに付いて来い」

言うなり平三郎が、暖簾《のれん》を潜って蕎麦《そば》屋に入った。客の顔を見回しながら奥に向かっている。舌打ちをして駒吉が続いた。

「手を止めさせて済まねえが、ちいと見てくんない」

平三郎は、駒吉が手にしている似絵を蕎麦屋の主《あるじ》に見せ、覚えがないか、尋ねた。

「ございやせんね……」

主の応えは、これまでの者どもと同様だった。

「ありがとよ」

平三郎は蕎麦屋を出ると、根津権現社《ごんげんしゃ》の門前町に並ぶ岡場所へと足を向けた。

「駒、手前だったら、どこに上がる？」

「兄貴、遊んでいいんですかい？」

「だから、どこが気に入りなんでえ？」

「そりゃ」と駒吉が、袖《そで》に手を入れ、幇間《ほうかん》のようにお道化《どけ》てみせた。「一に《鶴《つる》亀《かめ》》二に《吉田屋《よしだや》》でげしょうな」

「手前、ばかに元気になりやがったな」

「あっしは、いつだって元気でございやすよ」

「よし。では、お前の言った順に訊くか」

「ええっ」

地団駄《じだんだ》を踏んでいる駒吉を残して、平三郎が歩き始めた。待って下さいよ。叫ぼうとして駒吉は、平三郎が立ち止まっているのに気付いた。

「兄貴、どうなさいやした？」

「黙ってろ」

「………」

「たった今、《狩野屋《かのうや》》から出て来た男だ」

駒吉が、《狩野屋》の店先に目を遣った。

万筋縞《まんすじじま》の着物をぞろりと着流した、頰《ほお》の瘦《こ》けた男がいた。

「あの野郎に、見覚えがあるんだよ」

「誰なんで？」

「天神《てんじん》の富五郎《とみごろう》だ」

十年程前になる。酒の上でのことではあったが、喧嘩《けんか》した相手を半殺しの目に遇《あ》わせた廉《かど》で所払《ところばら》いとなり、湯島《ゆしま》天神下の塒《ねぐら》から叩《たた》き出されたのが富五郎だった。その後、江戸を売り、西国に流れ、盗賊・笹間渡《ささまど》の吉造《きちぞう》の配下となっていることは、西国筋からの噂話《うわさばなし》で耳にしていた。

「凄《すげ》えや、兄貴は。そんな野郎のことまで、よく覚えていなすったもんでやすね」

「半殺しにされたのが、その頃根津三の親分の身内にしようかという奴だったんだ」

「それで……」

駒吉は納得したのか、口を噤《つぐ》んだ。

富五郎の親分・笹間渡の吉造については、根津三の親分に聞いたことがあった。

――江戸に来てみやがれ、と火附盗賊改方《ひつけとうぞくあらためかた》がてぐすねを引いて待っている盗賊で、御縄知らずの吉造とも呼ばれている。笹間渡は、女賊を使わない。だから、女の揉《も》めごとがねえ。それがためだと言う者もいるが、とにかく笹間渡の身内は捕まらねえ。盗みに入っても、騒げば殺すが、騒がなければ殺さねえ。それにな、奴らは、根こそぎは盗《と》らねえんだ。『蔵の中に幾ら幾らあった。盗まれたがために潰《つぶ》れたと聞いては寝覚めが悪いから、幾ら残せばいい？　余り多くては困るが、思うところを言ってみな』『恐れ入りますが、次の仕入れの代金を三百両程』『分かった、残そう。嫌な思いをさせちまって悪かったな』。それで立ち去ると言うから、人を食った盗っ人だとしか言えねえやな。

（その盗賊の配下・富五郎が江戸にいる、ということは……）

笹間渡が江戸で盗みを働こうとしているのに違いねえ。気に入らねえな。江戸の町は、俺らの縄張りよ。勝手をさせてたまるかよ。平三郎は意を決した。

「駒、あの野郎を尾《つ》けるぜ」

「似絵の中間は？」

「後回しだ」

富五郎が左右をちらりと見てから歩き出した。半町（約五十五メートル）程間を空けて、平三郎と駒吉が続いた。富五郎は、顔見知りを避けようとしているのか、湯島天神に行き当たらないようにと、不忍池《しのばずのいけ》をぐるりと回って、池之端《いけのはた》から下谷御成《したやおなり》街道へと向かっている。このまま真っ直ぐ行けば、筋違御門《すじかいごもん》に出る。

「野郎、どこまで行く気かはっきりしろい」駒吉が、富五郎の背中に言い放った。

途端《とたん》に富五郎の足が止まった。駒吉が、慌てて平三郎の背に隠れた。

「馬鹿野郎、聞こえるはずねえだろうが」

富五郎は、屋台の田楽《でんがく》を一串摘《くしつま》むと、通りを東に折れ、小笠原信濃守《しなののかみ》の中屋敷裏にある下谷長者町《ちょうじゃまち》の棟割《むねわり》長屋《喜八店《きはちだな》》に入って行った。

再び富五郎がどこぞに出掛けないとも限らない。駒吉を見張りに残したかったが、それはいかにも心許無かった。

(ここは、一先《ひとま》ず親分の耳に入れるとするか)

「引き上げるぜ」

平三郎が駒吉に言った。

八ツ半(午後三時)。

北町奉行所大門裏の控所にいた佐平の耳に、軍兵衛の名を挙げている者の声が聞こえて来た。佐平は、控所を出て、そっと大門の様子を窺《うかが》った。潜り戸から半身を覗かせるようにして、柄の大きな男がいた。料理茶屋《松月亭》の屋号を染め抜いた半纏を着ている。

蛇骨の清右衛門を訪ねた時にいた男衆のひとりだった。

「恐れ入りやす」佐平が門番に言った。

男は、声の主を見て佐平だと気付き、安心したらしい。顔が僅かに緩んだ。

「鷲津の旦那に御用の様子。あっしが取り次ぎをさせていただいてもよろしいでしょうか」門番は同役と顔を見合わせてから、鷹揚《おうよう》に頷いた。

「こちらへ」

佐平は男衆を大門脇に寄せると、どうかしたのか、と訊いた。まだ、朝から三刻（六時間）しか経《た》っていない。

「分家筋から、思わぬ獲物を釣り上げたと言う知らせが入ったのでお知らせに参ったんですが、旦那は？」

「獲物が何か訊いちゃいけねえか」

男は佐平の目を凝っと見てから、惣助を探していた者が、市中で別の盗賊の手下を見掛け、塒を突き止めたのだ、と言った。

「分かった。一緒に来なせえ」

佐平が青板の敷石を踏んで玄関へと男を導いた。

「待たせたな」

軍兵衛が現われるのに、時は要しなかった。佐平が手短に男の来意を告げた。

「誰でえ、その盗っ人っていうのは？」

「天神の富五郎。笹間渡の吉造の子分でございやす」

「天神って奴は知らねえが、御縄知らずの吉造の子分だってことに間違いねえんだな」

「へい」

「詳しく話してくれ」

「話したいのでございやすが、あっしは蛇骨の元締の使いでございやして、これ以上は存じやせん。富五郎に気付き、後を尾けた者を呼んでおきやすので、お出張り下さいやすでしょうか」

「承知した」

「時とところは、こちらから申し上げてもよろしいでしょうか」

「構わねえが、出来たら、時は暮れ六ツ（午後六時）過ぎに頼む。ところは、どこだろうと行こうじゃねえか」

「ありがとうございやす。では……」

男衆を大門まで送り、佐平が戻って来た。

「千吉と新六がどこにいるか、分かるか」

「聞いておりやす」佐平が答えた。

「よし、大急ぎでふたりを連れて来い。手前らが七ツ半（午後五時）になっても来ねえ時は、先に行っているからな」

「分かりやした」

「行け」

佐平が脱兎《だっと》のごとく地を蹴《け》った。

「威勢がよいですね」

例繰方《れいくりかた》の宮脇信左衛門《みやわきしんざえもん》が、佐平の跳《は》ねるような走りを眺めている。

「頼みがある。調べてもらいたい奴がいるんだ」

「誰です？」

首を伸ばした信左衛門を、軍兵衛がぐいと見詰めて言った。

「盗賊だ。笹間渡の吉造と子分の天神の富五郎。急がせて済まねえが、七ツ半には出ちまうんで、それまでに聞きてえんだが」

「笹間渡は西国筋の盗賊です。ここ何年かは中山道《なかせんどう》の宿場を荒らしていたようですが、江戸ではもう何年と盗みはしておりませんでした。あの笹間渡が、いよいよ江戸に舞い戻って来るのですか」

「それだけ知っていれば、話は早《はえ》えや。頼むぜ。俺は島村様のところにいるからな」

「島村様でしたら、お出掛けになられましたよ」

「ならば仕方ねえ、詰所にいる」

廊下で右と左に分かれ、信左衛門は書庫に向かった。信左衛門の頭の中で、笹間渡の文字が激しく行き交《か》った。

(先ずは、江戸での最後の盗みからだな。あれは、何年前であったか……)

唸《うな》り声を発し、七年前の棚に手を伸ばした。

四

下谷広小路の手前で東に折れ、新黒門町《しんくろもんちょう》の路地に入った。

奥まった家の戸口に男が立っていた。奉行所に現われた男衆だった。

「お待ちしておりやした」

軍兵衛は、新六と佐平を表に待たせ、千吉ひとりをともなって家に上がった。

「兄《あに》さん」と佐平が、声をひそめて新六に訊いた。「この家は、何なんでしょうね？」

「これか」と新六は小指を立ててから、さもなければ隠れ家だろうよ、と言った。「元締ともなると、命を狙《ねら》われることもあれば、俺たち町方に追われることもある。そのために、市中に少なくとも五、六か所、多ければ十か所くらい隠れ家を持っているものなのさ」

「そのひとつに呼ばれたって訳ですか」佐平の声が弾《はず》んだ。「そりゃあ、旦那を信用しているという証《あかし》じゃないですか」

「そう見せているだけかもしれねえぜ。土地《ところ》の岡っ引に嗅《か》ぎ付けられ、隠れ家として使えなくなっちまった家を利用しただけだとかな」

「成程……」

感心している佐平の腋《わき》を、新六が小突いた。

「聞いたら、その場で直ぐに覚えるんだ」

俺が下っ引になりたての頃は、と新六が言った。二度同じことを聞くと、蹴飛ばされたもんだったぜ。

「分かりやした」

佐平の返事に気をよくした新六が、家の中を覗き込んだ。

物音もしなければ、話し声も聞こえて来なかった。静かだった。

軍兵衛と千吉は、奥の間にいた。女の居室であることは、匂《にお》いで知れたが、女の気配はなかった。用を言い付けられて、外に出されているのだろう。

奥の間には、蛇骨の清右衛門と男がふたりいた。若い方は膝を崩そうともせずに堅くなっていたが、もうひとりの年嵩《としかさ》の方は、八丁堀の同心に気後《おく》れしないようにとの見栄からなのか、肩を怒らせていた。案内して来た男衆が、清右衛門配下の根津の三津次郎と、その子分である平三郎だと軍兵衛に教えた。

「天神の富五郎に気付いたのは、この平三郎でございやす」

「よく気付いてくれたな。礼を言うぜ」

平三郎が低頭して応えた。

「鷲津様」と清右衛門が言った。「私どもは香具師です。時には八丁堀の旦那方と睨《にら》み合うこともございましょう。そんな私どもですが、許せねえ奴どももおります。盗っ人が、それでございます。汗水垂らして稼いだお宝を、横から掠《かす》め取るなんざ、外道《げどう》の仕業《しわざ》です。中には、根こそぎは盗らねえなどと情け深そうな素《そ》振《ぶ》りの奴もいるそうですが、奴らの根っこは腐っておりやす。本来ならば、人を売るような真似はしたくはないんでございますが、相手が盗っ人ならば、そんなことは言っちゃおられません。これから、天神の何とやらの塒《ねぐら》まで、この若いのに案内させますから、必ず捕まえて下さいやし」

「承知した。笹間渡に御縄知らずの異名を与えたのは、町方の手落ちだ。きっと捕まえてくれよう」

「こいつには」と根津の三津次郎が、平三郎を顎《あご》で指した。「中間探しを命じていたのですが、笹間渡の子分を見掛けたと聞いた時には驚きやした。早速にも、元締へと知らせに走った次第でして。どうか、こんな半端《はんぱ》な者ですが、存分に使ってやっておくんなさい」

「ありがとよ」

「何、礼を言うのはあっしの方でさあ」

三津次郎は左の袖口に手を入れると、たくし上げ、二の腕を露《あらわ》にした。幅三分（約九ミリ）の墨が二筋、七分（約二十一ミリ）の間を空けて入っていた。

「みっともねえものをお目に掛けやした。お許し下さい。彫物はいい。あれは、男の心意気でさあ。しかし、入れ墨は恥でございやす。旦那と元締のお蔭で、若い者のひとりが入れ墨を免《まぬが》れさせていただきやした。きっと奴の性根を叩き直してご覧に入れやす。奴に成り代わって御礼を申し上げておきやす」

「頼むぜ。一度曲がった奴の方が真っ直ぐ伸びると言うからな」

へい。三津次郎が居住まいを正して頭を下げた。

「では、そろそろ案内してもらおうか」

軍兵衛が千吉を促して立ち上がろうとした時に、男衆のひとりが表から走り込

んで来た。男衆は清右衛門の脇に片膝を突くと、

「……の使いの者が参りやして……」

小声で知らせている。声が低く、誰の使いかは聞き取れなかったが、似絵を配った蛇骨の子分衆のひとりだったらしい。

「旦那に見ていただけ」清右衛門が言った。

「そのように」

男衆は表の方に回ると、布に包まれた箱を持って来て、軍兵衛の前に置いた。

「何でえ？」

「旦那がお探しのものだと思われます。お確かめ下さい」

「おい、元締んとこに行ったのは、今朝《けさ》のことだぜ。本当かよ」

布を取った。桐《きり》の箱に紫の総紐《ふさひも》が掛かっていた。重々しい。紐を解き、上蓋《うわぶた》を外した。覗き込んでいた千吉が、おっ、と声を上げた。《猩々》の面だった。箱の割には、もうひとつ伝わって来るものがない。用人《ようにん》の言った、値打ち物ではないという言葉が素直に頷けた。

「旦那、裏に何か書いてありますぜ」

千吉が上蓋の裏に目を遣っている。蓋を受け取り、軍兵衛は声に出さずに急い

で読んだ。有島家九代である播磨守頼方《はりまのかみよりかた》の名と、本家筋の御方の名が記されていた。

「間違いねえ、これだ」

「竈主買《けいずかい》を虱潰《しらみ》しに調べていたら見付かったという話ですが、ようございました」清右衛門が言った。

「蛇の道は蛇か」

「旦那、誉《ほ》めていなさるんで？」

「当たり前だ」

「中間は、まだ探しますか」

「物は手に入ったんだ。ゆっくりでいいぜ」

「旦那ははっきりとした御方だ。気に入りました」

「元締にかかったら、町方なんぞ敵じゃねえな」

「とんでもございません」

「お互い長生きをするためだ。せいぜい仲好くしような」軍兵衛は箱を包み直しながら言った。「この礼は、改めてさせてもらうぜ」

「楽しみにしております」清右衛門が、にこやかな笑みを両頬に刻んだ。

平三郎に案内された下谷長者町の《喜八店》は、清右衛門の隠れ家とは目と鼻の先にあった。

「いるようです」

奥から三軒目の借店《かりだな》を、平三郎が指さした。腰高障子《こしだかしょうじ》に行灯《あんどん》の灯《ひ》が射《さ》してい
る。

「見て来ます」

平三郎が、長屋の踏み板に足を掛けた。

「待ちねえ」

千吉がぴったりと張り付いた。腰高障子の前で、ふたりは僅かな隙間《すきま》に目を凝《こ》らして通り過ぎた。歩く速度を変えずに覗き込むには、慣れが必要だった。平三郎の来《こ》し方が少し窺えたが、軍兵衛は何も口にしなかった。

「間違いなくおります」

平三郎が言った。千吉が、目だけで頷いた。

「ご苦労だったな」軍兵衛が平三郎に言った。「後は、こっちの務めだ。帰っていいぜ」

平三郎は、腰を折って挨拶すると、風のように夜の中に消えた。

「あの野郎、只者《ただもの》じゃござんせんね」

「それを俺らに見せつけたんだ。悪さはしねえと、腹を決めているんだろうよ」

「旦那、移りましょうか」

千吉が小さな声で言った。まだ人通りがあったのである。新六と佐平が慌てて後に従った。

軍兵衛は、木戸口から路地を振り返り、ひょいと顔を上げた。二階のある仕舞《しもた》屋《や》が見えた。長屋の出入りが眼下に見える。見張り所にするには、打って付けだった。

「あれだな」

顎で、千吉に教えた。

「誰が住んでいるのか、調べて来やす。どこかに身を潜めていて下さいやし」

「序《つい》でに、富五郎がいつから住み着いているかもな」

「心得ておりやす」

何かの時には後を尾けるんだぜ。千吉は下っ引のふたりに言い置くと、自身番のある方へと足音も立てずに走り去り、程無くして戻って来た。

「分かりやした。富五郎の奴は、二月《ふたつき》前から店子になっておりやす。見張り所の方ですが」

住んでいるのは、上野国《こうずけ》沼田《ぬまた》を生国とする七十一歳と六十五歳の夫婦だった。十年前までは煮売り屋をしていたのだが、夫婦が相次いで大病を患《わずら》ったのを機に商いを止《や》め、今はひっそりと余生を送っているところらしい。

「笹間渡と繋がりはねえだろう。こんなところに打《ぶ》っ立っていねえで、頼もうじゃねえか」

老人のふたり暮らしで心細かったのか、腰を低くして頼むまでもなく、これで暫くの間は枕を高くして眠れる、と却《かえ》って喜ばれてしまった。

二階の窓からの眺めは、まさにお誂《あつら》え向きであった。路地と木戸口、そして長屋の踏み板までが見通せた。

「今夜から詰めてもいいんですかい？」

「勿論でございますとも」

「済まねえな。助かるぜ」

しかし、使われていなかった座敷は、冷えきっていた。しかも、見張るためには障子を細く開けておかなければならない。火の気が要《い》った。

夜具に火鉢と消し壺《つぼ》は、取り敢《あ》えず老夫婦のものを借りることにして、炭と兵糧が必要だった。

「新六に佐平」と軍兵衛が言った。「お店《たな》だって、まだ寝る刻限じゃねえ。間に合わせに、何か買って来い」

軍兵衛が小粒《こつぶ》を取り出した。

「旦那は」と千吉が言った。「今日のところは、お戻りなすって下さい」

「お前たちが、見張るんだ。俺ばっかり、帰れねえよ」

「長年の勘で申し上げやすが、今夜は何も起こりゃしやせん」お気に入りのところで、と千吉が、口調を変えて言った。「ゆっくり飲めるのも、今のうちかと存じますが」

「知っていたのか」

「誰かが見ているもんだ、と何かの折、旦那が仰《おっ》しゃいましたが、確かにその通りでございやした」

「そうか。あそこに行くと気持ちよく飲めるんでな」

「何かあったら走らせやす。有島様に面を戻すのは、明朝でも十分でしょうし、そうなすっておくんなさい」

これから愛宕下の有島家を訪ねたのでは、大名家の門限である宵五ツ（午後八時）を大きく回ってしまう。

「分かった、そうしよう。島村様には、明日これまでの経緯《いきさつ》を伝えるつもりだから、昼四ツ（午前十時）頃奉行所に来てくれねえか」

「承知いたしやした」

「今夜は帰れねえんだ。心配するといけねえ、かみさんに知らせるんだぜ」

「後で佐平を走らせやす」

「そうしてくれねえと、見張りを頼みづらくなるからな」

「忘れやせん」

新六と佐平が戻るのを待って、見張り所を後にした。

五

同じ頃――。
男がひとり、凍り付いたような月に一瞥《いちべつ》をくれると、長さ九十六間（約百七十三メートル）の両国橋《りょうごくばし》を東に渡り、回向院《えこういん》の門前町へと急いでいた。

男の名は、苦水《にがみず》の捨吉《すてきち》。苦水は、飲めば死に至る毒水のことである。門前町の手前まで走った捨吉は、一旦《いったん》駆けるのを止め、背後の気配を探りながら歩いた。後を尾ける者がいないことを確かめると、横町に折れ込み、また走り、一軒の煮売り酒屋の前で足を止めた。

《芋屋《いもや》》――。

屋号が示すように芋田楽が売りだった。里芋を茹《ゆ》で、練味噌《ねりみそ》をつけて焼く。それだけのものだったが、今では里芋の他に蒟蒻《こんにゃく》、豆腐、雁擬《がんもど》きに白身魚の煮物と品数を増やしたのと酒代の安さで、土地の半端者の結構な溜《たま》り場となっていた。

捨吉が、《芋屋》を知って半年になる。四日続けて通い、三日休み、簡単な土産を持って、また四日続けて飲みに行き、馴染《なじみ》になる。そうして手に入れた根城のひとつだった。

捨吉が腰高障子を開けると、目敏《めざと》く気付いた《芋屋》の亭主が目で二階を指した。

客は六人いた。ひとりで飲んでいるのがふたり。後は仲間四人が車座になって芋と蒟蒻を肴《さかな》に銚釐《ちろり》を傾けていた。それぞれ、客として何度か顔を見掛けている者どもだった。

（妙な奴は、紛《まぎ》れ込んじゃいねえようだな）

捨吉は入れ込みに上がると、埃《ほこり》が立たぬよう裾《すそ》を摘み、客の間を縫《ぬ》って階段を上がった。

男がふたり、向かい合って飲んでいた。

ひとりは身の丈《たけ》四尺七寸（約百四十一センチ）、小柄で痩《や》せており、もうひとりは、その男より上背《うわぜい》も体格も優《まさ》っていた。

小柄な方の男とは、賭場で何度か顔を合わせていた。負けが込んでいたことも知っていた。男は大名家の中間をしており、名を惣助と言った。

——空《から》っ穴《けつ》でよ。こうなりゃ御屋敷から何か盗んで来てやろうかと思うんだが、買い取ってくれる店を知らねえか。

相談を受けたのは、半月程前のことになる。

盗品の売買をする窩主買《けいずかい》の店ならば、顔馴染だった。

——一口のせるなら、幾らでも捌《さば》いてやるぜ。

惣助と酒を酌《く》み交わしたのは、大窪家下屋敷近くの煮売り酒屋だった。

——誰かに聞かれないとも限らねえ。

次の時からは、と捨吉は《芋屋》を教えた。己の猟場に導いたのは、裏切られないための備えだった。

もうひとりの男とは、一月《ひとつき》程前に《芋屋》で知り合った。男の話を継ぎ足すと、芸州《げいしゅう》を追われて江戸に逃げて来たらしいことが分かったが、それとて本当の話とは思えなかった。名を尋ねても、名なんぞ何でも構わねえと言って答えなかったので、芸州を呼び名にしていた。多分、ひとの二、三人は殺しているのだろう、と捨吉は見当《けんとう》を付けていた。気味は悪かったが、一緒になって悪さをするなら、腹が据わっている芸州は心強かった。

捨吉に気付いた惣助が、縋《すが》るような目をして訊いた。

「幾らになったい？」

「ふざけるな」捨吉が、荒々しく腰を下ろしながら言った。「ひでえ品だと言って、投げ付けられたぜ。酒代にもなりゃしねえ」

「そんな馬鹿な」惣助の薄い眉がぴくりと上がり、芸州に言った。「聞いたか」

「言っちゃ悪いが、そんなこったろうと思ったぜ」

芸州が言った。いい出来のものには見えなかったしな。

「冗談じゃねえぜ。お宝を仕舞う納戸の上の段に置かれていたし、箱には何やら立派な名が書かれていたじゃねえか」

「と言う話だが、あの《猩々》はいただけねえそうだ」

「信じねえよ。奥女中に見付かり、俺は命からがら逃げたんだ。向こう何年間か、上方《かみがた》で暮らせるだけのものをもらおうじゃねえか」

「分からねえ野郎だな。そんな品じゃねえと言ってるだろうが」

「ならば、あの面を返せ。俺が売りに行って来らあ」

「もうねえよ。二束三文で売っ払っちまったからな」

「さては、手前、盗ったな」

「盗る程のもんかよ、あれが。駄賃《だちん》にもなりゃしなかったぜ」

懐の匕首《あいくち》を握り締めながら、捨吉と惣助が同時に立ち上がった。

「よさねえか、ふたりとも」芸州が杯の酒を一口で空けた。「下に筒抜けだぜ」

階段を上がって来る足音がした。《芋屋》の亭主だった。

「揉めごとですかい？」

「済まねえな。騒いじゃいねえよ。話してたんだ」

捨吉が、取って付けたような笑みを浮かべた。

「喧嘩なら、外で頼むよ」

「うるせえな。話していただけだと言ってるだろうが、聞こえなかったのか」

怒鳴《どな》りながら捨吉は、ここも今日限りかと腹の中で思った。半年は短かったな。せめて一年は保《も》たせたせねえとな。それもこれも、この中間野郎が、とんでもない粗末なものを盗んで来やがるからだ。まったく使えねえ野郎だぜ。

「河岸《かし》を変えて、飲み直さねえか」

芸州が、三人分の銭を膳《ぜん》の上に投げ捨てながら捨吉と惣助に言った。

「もっと気持ちよく飲めるところなら幾らでもあらあな。そっちで飲もうぜ」

膳を蹴飛ばすと、捨吉が惣助に訊いた。

「手前は、どうするんだよ?」

惣助に行く当てはなかった。力無く頷いた。


大川を渡って来た氷のような風に、前を行く捨吉の着物の裾がはためいている。惣助は、風を避けるようにして振り向いた。数歩遅れて芸州が、首を竦《すく》め、懐手《ふところで》をしてついて来る。《芋屋》を出てから十五町（約千六百メートル）程大川沿いに北に上っている間に、武家地を通り過ぎ、町屋と寺社地に入っていた。

「どこまで行くんでえ?」

「もう直ぐだ。俺たちの隠れ家があるんだよ」

捨吉が前を見たまま言った。

捨吉の言う俺たちとは誰なのか。捨吉と芸州のことなのか。それとも別の者のことなのか。その中に己は入っているのか。訊きたかったが、惣助は口を噤んで足許に目を落とした。

雪駄《せった》を履いた見慣れた足が、交互に出ていた。この足で、郷里《くに》を売り、江戸に来て、中間となったのだ。御城の御門の前で下城して来る殿様を待ったこともあった。流行《はやり》の髷《まげ》を結い、仲間と粋《いき》を競ったこともあった。

踏み誤ったのだと思った。

何で博打《ばくち》なんぞ打っちまったのか、と頭を抱えたかった。

一歩踏み出す度に、己が更にとんでもない方へと転がり落ちて行くような気がしたが、戻ることは出来なかった。

御屋敷から箱を盗んだ時に、行き着く先が決まったのだと思った。

「どうしたい？」

背後から声が掛かった。芸州だった。

「ぼんやりしちまって」

「何でもねえよ」

「先のことなど何も考えずに、おっかあや妹の手を振り切って、田舎を飛び出したんだろうが。だったら、今になって先のことなど考えるねえ」

芸州が言った。

「どうして、そんなことを知ってるんだ？」捨吉が惣助に訊いた。「お前の、そんな昔の話をよ」

「何、さっき話してたんだよ」

捨吉が、大仰《おおぎよう》に笑い声を立てて芸州に言った。

「こんな野郎の昔話なんか、よく聞く気がしたもんだ。俺《おら》あ、ほとほと感心するぜ」

惣助は捨吉の言葉を聞き流すと、ひどく覚めた声で訊いた。

「隠れ家って言ったが、誰が何のために使う隠れ家なのか、教えちゃくれねえか」

「そんなご大層なもンじゃねえよ」捨吉がつまらなそうに言った。「博打仲間が寝泊まりするための塒《ねぐら》ってだけのところだ」

「よさそうじゃねえか……」

芸州が惣助に言った。惣助が、鈍い笑みを返した。

六

軍兵衛は、箱を入れた布包みを小脇に抱え、提灯《ちょうちん》の仄明《ほのあ》かりを頼りに長浜町へと向かった。神田川に架かる和泉橋《いずみばし》を渡り、小伝馬町の牢屋敷《ろうやしき》の前を通り、伊勢町堀に沿って南に下る。

（あの浪人はいるだろうか）伊良弥八郎の姿が思い返された。（いてくれると、よいのだが）

長浜町へと折れた。稲荷《いなり》の手前に、《瓢酒屋》の灯が見えた。腰高障子を横に引いた。

主がひょいと顔を上げ、口許を微《かす》かに動かした。それが挨拶だった。

軍兵衛は頷き返してから、中を見回した。

浪人が、片手を上げた。

（おったわ）

伊良弥八郎が銚釐の酒をちびちびと飲んでいた。

「寒いですな」

軍兵衛は声を掛け、ご一緒しても、と言った。

「よろしいですか」

「どうぞどうぞ」

伊良が屈託《くったく》の無い笑みを浮かべた。

「親父《おやじ》、酒と何か温かいものを頼む。酒はちりちりと熱くしてな」軍兵衛が言った。

「肴ですが、煮やっこなら直ぐに温まりますが」

「それでいい」

「へい」

「私にも、煮やっこを」伊良が言って、来るまでどうぞ、と銚釐を持ち上げた。

軍兵衛は笊《ざる》にいれてある杯を取ると、酒を受け、ぐいと飲み込んだ。

胃の腑《ふ》に染み通った。

「美味《うま》そうに飲まれますな」

伊良が、のんびりとした声で言った。

「この一杯のために一日がある、と言ってもよいでしょうね」

「一日が充実しているからですよ」

「そうでしょうか……」

銚釐が来た。熱い。

「熱過ぎましたか」

「いいや、注文通り、ちりちりと熱くていい」

それにしても、熱かった。吹き冷ましてから、ちびちびと上澄みを啜った。

「いかがです？」

伊良に勧めると、もう少し冷めてからいただきましょうか。伊良が、僅かに腰を引いた。熱いのは？　猫舌で。知らなかったですな。弱みは、ちょっとやそっとじゃ教えません。成程。おっ、煮やっこが来ましたぞ。

木綿《もめん》豆腐を、出汁《だし》に醤油《しょうゆ》と味醂《みりん》を落としたもので煮ただけの料理だった。七味か大根卸しで食べてもよかったが、軍兵衛はそのままを好んだ。

豆腐に出汁がよく染みていた。

咽喉《のど》をするすると熱い塊《かたまり》が通り抜け、それを熱燗《あつかん》が追っ掛ける。おでこのひとつも平手で叩き、堪《たま》らねえや、と呟《つぶや》きたくなる美味さだった。

「昼間、空をご覧になりましたか」

伊良がきれいな箸遣《はしづか》いを見せながら言った。

「空、ですか」

空の下にはいたが、見上げてはいなかった。そんな心のゆとりはなかった。

「そうですか。哀《かな》しい程に白い雲がひとつ、西の方からすっと流れて来ましてね。大きく広がりながら、流れて行ってしまいました」

「見ていたのですか」

「はい」

内藤新宿《ないとうしんじゆく》の近くまで足を延ばしたのだ、と伊良が言った。疲れたので、石の上に横になって見ていました。

「あちらこちらに行かれたという話でしたが」

「行きましたね。東海道、中山道、奥州街道……」

「心底《しんそこ》、これは美味いと思ったものは、ありました？」

「腹が減っていれば何でも美味いんですが、気に入って今でも時々食べるものがあるんですよ」

「何です？」

伊良が、主にまだ焼けないか、と訊いた。

「いい頃合です」

「持って来てくれぬか」

「へい」

主が網の上から小皿に取っている。黄赤色をしている。何です、あれは？　伊良は答えずに、主の箸先を見ている。主が、内暖簾を手で分けて、皿を運んで来た。

「焼柿《やきがき》です」

軍兵衛は思わず皿と伊良を見比べた。

「四ツ谷《よや》の大木戸を越した辺りの百姓家でした。庭に柿が成っていましてね。ちょうどいい固さだったので、分けてもらったのですよ」

「こんな食べ方があるなんて、知りませんでした」

「丸のまま焼いて食べたこともありますが、小さな柿なら四つ、大きい柿なら六つくらいに切って焼く方が食べ易いですな」

熟した柿より、固い柿の方が焼くのには適していて、焼くと、甘く、そして柔らかくなり、実に美味いのだと伊良が言った。

「半分差し上げますので、どうぞ」

軍兵衛は煮やっこの皿を横にずらし、焼柿を小皿に取り分けた。皮と実の境目から汁が吹き出している。甘いかおりもする。

「ご馳走《ちそう》になります」

箸で切れる程の柔らかさになっていた。熱いところを吹き冷まし、口中に入れる。舌の上で甘くとろける。

「絶品ですな。これは、どこで覚えた味なのです？」

「出雲《いずも》です」

「雲州《うんしゅう》か」遠かった。絵図で場所を知っているだけだった。

「行かれたことは？」

「いや、品川の先はまったく」軍兵衛は答えながら、似たようなことを、誰かに問われたことを思い出した。あれは……？　駿府町奉行所から来た同心だった。今頃は、旅の疲れで泥のように眠っているのだろう。

「それだけ旅をしていると、怖い思いをしたことも、あるのでしょうな？」

「もう怖いということはありませんが、初めて夜旅をした時は、怖いと思ったことがありましたね」

真っ暗な道を歩いていると、暗がりの中から気配がする。提灯を翳しても、灯《あかり》は届かない。歩く。気配が付いて来る。それが獣《けもの》だと分かれば落ち着くのですが、獣だと分かるまでは焦りました。

「どうやって獣だと知るのです?」

「火を焚《た》くんですよ」

獣が灯を見ると、目が光るので、何頭の獣がぐるりにいるかが分かるのです。分かってしまえば、もう何ともありません。

「成程」

軍兵衛と、盆を手にしたまま聞いていた主が、同時に頷いた。主にも座るように言い、銚釐の酒を注《つ》いだ。

風が出て来たのか、戸がかたかたと鳴った。

七

捨て鐘《がね》が三つ鳴り、次いで鐘が四つ鳴って、途絶えた。夜四ツ(午後十時)の鐘だった。

夜具に包《くる》まって、既に半刻(一時間)になる。霊岸島浜町の留松の子分・福次郎は、眠りに入れぬ己を持て余していた。

　この日――。

　留松から言い付かった用が早めに片付いたので、回り道をして住吉町《すみよしちよう》に出、軍兵衛の息《そく》・竹之介が通う六浦自然《むつうらじねん》流《りゆう》の道場に寄ってみた。

　寄ると言っても、道場で稽古《けいこ》している様子を壁に穿《うが》たれた武者窓から見るだけだった。

　道場に近付くに従い、竹刀《しない》を打ち合わせる威勢のよい音が響いて来た。

（竹之介様も、稽古に励んでおられるとよいのだが……）

　探したが、人数が多いため、どこにいるのかよく分からなかった。

　丁寧に、ひとりずつ見直した。背を向けている者の中に、動きの鈍いのがいた。背丈から言って、大人ではなく、元服前の子供のように思えた。引き足も送り足も遅く、小手や胴を面白いように決められていた。

　師範代らしい男が、荒い声を上げた。

――止めろ。

――竹之介、それでも稽古をしているつもりか。

　福次郎は、咄嗟《とつさ》に窓の縁《ふち》に隠れてから、恐る恐る内部の様子を窺った。

——どうした、このところ稽古に身が入っておらぬではないか。覇気《はき》も感じられぬし、皆の邪魔になるだけだ。今日は、もう帰れ。

竹之介は師範代に頭を下げると、隅を通って道場を出、裏に回った。そこで汗を拭《ぬぐ》っていたのか、暫くすると、門から出て来た。

木刀を入れた袋に稽古着を入れた袋を縛《しば》り付けて肩に負い、力無く歩いて来る。

（若様……）

声を掛けたかったが、蕗について話すとも話さぬとも決め兼ねている以上、間が持てなくなることは目に見えていた。

竹之介を遣り過ごし、黙って後ろから歩いた。

遅い。ひどく遅い歩みだった。

（このままで、いいのかよ……）

福次郎は、自《みず》らに尋ねた。

竹之介が蕗を助けるために五人の悪童に立ち向かった時のことを、福次郎は思い出した。実際にその場は見ていなかったが、追い払ったことで、晴れ晴れとした顔をしていた。

（あの顔だよ、若様。あの顔に戻っておくんなさいよ……）

福次郎の頰を涙が伝った。慌てて脇道に入り、袖で涙を拭った。拭っても拭っても、涙は流れて落ちた。

それから半日が経ったことになる。

まだ、言うべきか、黙っているべきかで迷っていた。

留松親分が言うように、鷲津家のことを考えたら、このまま会わずに、忘れさせた方がいいだろう。竹之介様の将来を考えたら、
でも、それでいいのだろうか。

竹之介様の心を、蕗の心を考えてやらなくてもいいのだろうか。

（俺は、あの娘の父親を刺し殺した）

軍兵衛を、つまりは八丁堀同心の危機を救うためであり、蕗の父は病死として届けられたので、取り調べもなければ、仕置《しおき》を受けることもなかったが、親を殺した者として娘には償《つぐな》わなければならないだろう。

丹後ケ原《たんごがはら》の入り口に立ち尽くしていた蕗の姿が、甦《よみがえ》った。握り締めた拳《こぶし》が、身体の両側で震えていた。

瀕死の父親の命《めい》で、母親の様子を見に、黒鍬《くろくわ》の組屋敷に駆け戻る蕗の後ろから

走った。小柄な身体が、不器用に左右に揺れていた。小石につまずき、倒れ、起き上がり、尚も駆け、ようやく組屋敷に着き、小屋のような家に駆け込んだ。悲鳴に続き、母を呼ぶ蕗の声が聞こえて来た。土間に飛び込むと、母親が咽喉を突いて息絶えていた。蕗が涙に濡《ぬ》れた目で俺を見た。石っころを見るような冷たい目をしていた。

（この先、あんな目で見られたとしても、それは俺が負わねばならねえ枷《かせ》なんだ）

あの娘には、蕗には、何としても幸せになってもらいたい。

竹之介様に会いたくて、忍の御城下から逃げ出して来たのなら、会わせてやるのが、人情じゃねえのか。

竹之介様と結ばれたとして、いつか何かの時に、己が人殺し《黒太刀》の娘だと知れたらと思い、身を引いたのだと親分は言ったが、結ばれるのか、結ばれねえのか、何も分かってはいねえじゃねえか。今からびくびくして会わずに過ごしちまってもいいんだろうか。

成るように成るのが、人の世じゃねえか。

竹之介様は十分強い。俺は知っている。何か起こっても、耐えられるはずだ。

蕗だって、強い。耐えられるだろう。

俺だって、捨てたもんじゃねえ。耐えてみせる。

——あれは、見間違いじゃありやせん。確かに蕗という黒鍬の娘さんでした。

留松親分には引《ひ》っ叱られるだろうが、俺は言う。俺は、竹之介様に必ず言う。

福次郎は心に誓《ちか》った。誓いに迷いが生じないように、半分に折った敷布団に身を沈め、すっぽりと被った。

第三章　同心《どうしん》・加曾利孫四郎《かそりまごしろう》

一

十一月十二日。

この日鷲津軍兵衛は、起き抜けに下谷長者町に走った。《喜八店》に住む天神の富五郎を見張っている千吉らに夜の間の様子を訊《き》きがてら、妻の栄が作った弁当を届けるためだった。

江戸の朝は早い。長屋の木戸は明け六ツ（午前六時）に開き、六ツ半（午前七時）には職人が出掛ける。富五郎がどのような動きをするか分からぬ以上、六ツ前には千吉らに腹拵《はらごしら》えをさせねばならなかった。

千吉と新六と佐平に弁当を使わせている間、軍兵衛が見張りに立ったが、何の動きもなかった。

「後は見ておきやすので、旦那《だんな》は御奉行所《おぶぎようしよ》の方へ」

出仕する刻限まで見張り、軍兵衛は常盤橋御門内にある北町奉行所に向かった。弁当の空き箱は、後刻奉行所の控所に詰めるという佐平に、途中組屋敷まで運んでおくように言い付けた。

朝五ツ（午前八時）を回り、定廻《じようまわ》り同心《どうしん》がそれぞれの見回路《みちすじ》に散った。

駿府から来た同心・西ヶ谷勝次郎は、小宮山仙十郎に従って、赤坂《あかさか》御門と浜御殿を結ぶ西南部一帯の見回りに出掛けた。仙十郎の回る自身番《じしんばん》に口頭で尋《たず》ねようというのである。

それがどれ程役に立つのかは分からなかったが、臨時廻《りんじまわ》り同心の加曾利孫四郎に言わせると、

「遣《や》らないよりは、いいじゃねえか」

という程のことだったが、西ヶ谷は朝から張り切っていた。

軍兵衛は、島村恭介が昼四ツ（午前十時）に出仕して来るまでに片付けてしまおうと、愛宕下大名小路にある有島家の上屋敷に向かった。

夜道と寒さを厭《いと》わなければ、昨夜手渡せた面《おもて》と箱である。一日遅れた分だけ、

心配を掛けただろうからと、竹之介に、面と箱を取り戻した由《よし》の書状を朝五ツまでに届けるよう命じておいたものの、沢崎甚九郎に頼まれてから、僅《わず》かに三日で見付けたことになる。

すべては蛇骨の清右衛門の力だった。土産《みやげ》としてふたりの身内の罪を軽減してやったが、多くの子分衆を動かしてくれたのだ。なにがしかの金子《きんす》を礼として遣らなければならないだろう。沢崎甚九郎が幾ら払ってくれるのか、腹の中で数えながら歩いているうちに、有島家の門が見えた。

門番のひとりが軍兵衛に気付いたらしい、突然門の中に走り込んだかと思うと、直ぐに大小を腰に差した侍《さむらい》が走り出て来た。下屋敷にいた草野征一郎だった。

草野は、手を突かんばかりにして低頭すると、

「このように早く、とても信じられませぬ」

興奮を抑えようともせずに言った。草野を追って、更《さら》にふたり、三人と屋敷から人が出て来た。

「騒ぐでない」

後ろから大声を出しているのは、沢崎甚九郎だった。

「竹之介殿から書状を受け取り、ただただ喜んでおり申した。ささっ、立ち話も何でござる。中へ」

「そうしてもおれません。面と箱に相違がなければ、奉行所に戻らねば」

「とにかく、拝見しよう」

玄関を入り、三日前とは別の座敷に通された。心なしか、庭も広く、松の枝振りも良く見える。

沢崎甚九郎と草野が、布を解き、箱を出した。

「間違いない。これでござる」

呟《つぶや》きながら、紐《ひも》を外して、面を見、蓋《ふた》の裏に目を遣った。読んでいるのだろう、唇《くちびる》が細かく動いている。

「確かに、これに相違ござらぬ」

沢崎と草野が、畳に額《ひたい》を押し付けた。

「何と御礼を申し上げたらよいのか」

顔を起こした沢崎が、草野に頷《うなず》いて見せた。

「田舎者《いなかもの》の作法知らずとお笑い下さい」草野が言った。「申し上げ難《にく》いのですが、このような時の御礼の相場が皆目《かいもく》分からないのです。どれ程包んだらよいものか、忌憚《きたん》なくお教え下されば、助かります。勿論《もちろん》、お支払い出来る限度がございます。そこをお含みいただいて……」

「私の分は……」

「はい」

ふたりの顔が、硬くなった。

「御用頼《ごようだのみ》として毎年ありがたく頂戴《ちょうだい》しておりますので、受け取る訳には参りません。しかし……」

ふたりの咽喉《のど》が縦《たて》に動いた。

「窩主買《けいずかい》の者を調べるなど、江戸の裏を仕切る元締《もとじめ》に箱の行方を探させたので、その者に礼をしなければなりません。その礼金を払っていただけましょうか」

「如何程《いかほど》に相なりましょう？」

沢崎甚九郎が訊いた。

「切り餅《もち》ふたつというところでしょうか」

五十両だった。子分どもに配り、窩主買の損を保証してやれば、蛇骨の手許《てもと》には何も残らないだろう。だが、蛇骨の清右衛門は、それでよいと思うだろう。八丁堀と、それも臨時廻り同心と取引をしたことで、繋《つな》がりが太いものになったのである。

「正直申しまして」沢崎が、安堵《あんど》の息を吐いた。「百か、二百かと思い、用意いたしておりました。助かりました」

「八丁堀の力だけで片を付けられれば、こんな掛かりは要《い》らぬのですが、力が及ばずに申し訳ないですな」

「とんでもないことです」

沢崎が大仰《おおぎょう》に手を横に振ってから言った。

「似絵の代金と、彫りと摺りの代金は？」

「……忘れておりました」

「何と」沢崎は笑い声を上げると、別途に包みましょう、と言い、ところで、と言葉を継いだ。「惣助は見付かりましたでしょうか」

「もう二、三日というところでしょうが、急ぎますか」

「別に急ぐということは、何もございません。ただ、あの者も魔が差したのでしょうから、二度と博打《ばくち》も盗みもせぬと誓うならば、この一件、なかったことにしてやりたいのですが」

「その方が、御家の名も出ずによろしいでしょうな」

「ご配慮、かたじけない」

またふたりが頭を下げたのを機に、軍兵衛は有島家を辞した。

北町奉行所に戻るのに、丁度《ちょうど》よい刻限だった。

軍兵衛が奉行所の潜《くぐ》り戸を通り抜け、腰を伸ばした時、年番方与力《ねんばんかたよりき》の島村恭介が出仕して来た。

「何やら楽しげだな？」

「蛇骨が、土産をくれましたので」

「よいものか」

「金毘羅の御殿様なら飛び付きましょう」

火附盗賊改方《ひつけとうぞくあらためかた》の長官・松田善左衛門、通称金毘羅の御殿様が飛び付くのは、盗賊である。

「聞こう」

島村が、先に立って玄関に入った。

年番方与力の詰所には誰もいなかった。

島村は座るなり、誰だ、と訊いた。

「笹間渡の吉造でございます」

「あの、御縄知らずか」

「まさに」

「詳しく話してくれ」

　軍兵衛は、根津三一家の平三郎が、中間《ちゅうげん》の惣助を探している時、偶然天神の富五郎を見掛けて尾《つ》けたこと、富五郎の塒《ねぐら》が、下谷長者町の裏店《うらだな》であると突き止めたことなどを、掻《か》い摘《つま》んで話した。

「昨夜から、千吉と新六に見張らせております」

「それでよいであろう」島村が、改めて尋ねた。「この前、江戸で盗みを働いて何年になる？」

「七年になります」

「もう七年か。あの時は、柳橋《やなぎばし》であったか」

「はい。第六天《だいろくてん》門前町にある船宿《玉木屋《たまきや》》で、逃げようとした船頭と、板場の者が殺されております」

　南町奉行所が月番の時に起こった事件だった。北町も、大川周辺の見回りなどに駆り出されたが、見事に逃げられてしまったのだった。

「滅多《めった》に殺さぬ笹間渡としては、珍しいことであったな」

「信左衛門の話ですと、中山道の宿場を荒らしながら江戸に向かっているのではないか、とのことでございます」

「嘗《な》められたものだな」島村の頰《ほお》が歪《ゆが》んだ。

「《絵師》といい、笹間渡といい、一時《いっとき》に江戸に向かって来ようとはな」

島村が、握った拳《こぶし》で膝《ひざ》を叩《たた》くと、奴どもの勝手をさせてたまるか、といつになく激しい口調で言った。

「笹間渡が、どこのお店《たな》を狙《ねら》っているのか、襲うのはいつなのか、また奴らの隠れ家はどこなのか。すべてを其《そ》の方に任す。人数が欲しければ、何人でも出す。必ず引っ捕えよ」

「承知いたしました」

「天神の富五郎を見付けた経緯《いきさつ》だが、皆には夕刻に話すことといたそう」

「心得ました」

「人は使いようとは言うが、それにしても香具師《やし》とは凄《すご》いものだな」

島村が、腕を組みながら言った。

「儂《わし》ら与力や同心の目は、お店で言ってみれば、主《あるじ》一家に番頭、手代、あるいは玄関や茶の間や奥の間までで、厨《くりや》や男衆や女衆の寝起きする部屋までは行き届かぬ。そのために、岡《おか》っ引《ぴき》を使うのだが、彼《か》の者どもにしても厠《かわや》は覗《のぞ》けぬ。人の裏の裏、汚いところを見ているのは、あのような者どもなのかもしれぬな」

「実《まこと》に……」

「茶でも淹《い》れるか。飲んでいくがよい」

「いただきます」

島村が茶筒に手を伸ばした時、誰かが奉行所に駆け込んで来たらしい。玄関脇の方から、大きな声が聞こえて来た。

「いかがいたした？」当番方の者が尋ねている。

「人がふたり、咽喉を掻っ斬《き》られて殺されておりやす」下《した》っ引《ぴき》らしい口調だった。

軍兵衛と島村は玄関脇に急いだ。やはり、声を聞いたのだろう。横の廊下から加曾利孫四郎が飛び出して来た。集まった顔触れを前にして、本所見廻《ほんじょ》り同心が手先に使っている岡っ引の子分が、棒立ちになっていた。本所見廻り同心は、本所深川《ふかがわ》一帯の見回りと取締りを役儀としていた。

「親分は、張り付いているのか」軍兵衛が訊いた。

「左様で」

「殺しのあった場所はどこだ？」

「北本所番場町《ばんばまち》の裏店でございやす」

大川を挟んだ向かいは、浅草雷門《かみなりもん》に程近い駒形辺《あた》りになる。

「西ヶ谷は？」と、島村が軍兵衛に訊いた。

「仙十郎と歩いておりますが」

「呼び戻し、本所に行かせろ。咽喉を斬られたと言うなら、《絵師》かもしれぬ」

「私が先に行ってましょう」

軍兵衛が言った。

「ならぬ。其の方は笹間渡だ。孫四郎、本所には其の方が行け」

参ります。加曾利は勢いよく答えると、案内せい、と下っ引に言い、次いで軍兵衛に言った。

「留松を朝っぱらから使いに出している。御用頼だ。戻って来たら、追い掛けて来るように言ってくれ。それから、西ヶ谷に伝える役は頼んだぞ」

「ちょっと、待て」

軍兵衛は、加曾利らとともに大門裏の控所に出向いた。佐平の息が乱れている。着いたばかりらしいが、気遣っている暇はない。走ってくれ。よろしゅうございます。定廻りの小宮山仙十郎を探すんだ。見付けたら、と言って下っ引に訊いた。

「裏店の名は？」

「《黐《もち》の木店》でございやす。長屋の入り口に黐の木が植わっておりやすので、直《す》ぐ分かりやす」

「聞いたな？」軍兵衛が佐平に言った。

「へい」

「もうよいか」加曾利が、腰を浮かせている。

「待たせて済まねえ」

おうっ、の一言を残して、加曾利と下っ引が走り出した。

「仙十郎にくっ付いて、駿府の同心が見回路を回っている。その同心を北本所番場町の裏店《黐の木店》まで、誰かに連れて行かせるよう仙十郎に伝えてくれ。『殺しがあった。《絵師》の仕業《しわざ》かもしれぬ』と言うてな」

「あっしが、お連れしてもようございやすが」

「お前には他に用がある。仙十郎に伝えたら、ここに戻って来い」

軍兵衛は、時刻を考えて仙十郎が見回路のどの辺りにいるかを、佐平に教えた。

「必ず見付け出して、お伝えしやす」

「失《う》せものを見付けるんじゃねえんだ。肩の力を抜け。うかうかしていると、隣にいても見逃しちまうぞ」

「そういたしやす」

駆け出した佐平の後ろ姿が瞬《また》く間《ま》に小さくなった。

「若《わけ》えな」軍兵衛は口の中で呟いた。

二

小宮山仙十郎は、中間ひとりと、神田八軒町の銀次、その子分の義吉、忠太という顔触れに西ヶ谷勝次郎をともなって、見回路を歩いていた。

増上寺の林が東に見えた。鎌倉町《かまくらちょう》の五丁目から北へ四丁目、三丁目と溯《さかのぼ》り、車坂町《くるまざかちょう》を過ぎたところで東に折れ、桜川《さくらがわ》に沿って南に下る。春には満開の桜並木を眺められる、気持ちのよい見回路だった。

「親分」と最後尾に付いていた忠太が、銀次の背に向かって言った。「佐平らしいのが、駆けて来やすが」

新《あたら》シ橋《ばし》の方から懸命になって走って来る男がいた。紺の股引《ももひき》が小気味よく跳《は》ねている。「確かに」と銀次が言った。「あいつに違《ちげ》えねえ……」

旦那、と銀次が仙十郎に佐平のことを教えた。

「何かあったようだな……」仙十郎が、足を止めた。

凄《すげ》えや、と佐平が追い付くなり言った。図星《ずぼし》も図星、どんぴしゃじゃねえですかい。

「小宮山の旦那は、恐らくこの辺りだろうと、鷲津の旦那が見当《けんとう》をつけて下さったんでさあ」

「鷲津さんが、我らを探せと？」

「その、上でさあ」と佐平が空を指さした。

「と言うと？」

「与力の島村様でございやす」

「何があった？　早く言わねえかい」銀次が責付《せっつ》いた。

「本所で殺しがありやして、それがどうも《絵師》の仕業ではないかと思える節《ふし》があるらしく、西ヶ谷の旦那に来てもらいたいという御口上でございやした」

「それは実ですか。《絵師》が現われたというのは」西ヶ谷が、驚いたように口を尖《とが》らせた。

「あっしは知らせに走って来ただけで、見て来た訳じゃございやせん。何とも申し上げられやせんが」

「直ぐお行きなされい。《絵師》ならば、西ヶ谷さんが江戸に来た甲斐《かい》があったというものですぞ」仙十郎が力強く頷いて見せた。

「旦那」

「何だ？」

「恐れ入りやすが」と佐平が言った。「手が足りなくて、あっしは直ぐに御奉行所へ戻らねえといけやせん。どなたか西ヶ谷の旦那を本所までお送りいただけないでしょうか」

「そのように言われたのか」

「へい」

「《絵師》となりゃ大事《おおごと》です。あっしが参りやしょう」銀次が言った。

佐平は、北本所番場町の裏店の名を告げ、奉行所からは、と言い添えた。

「加曾利の旦那が飛んでおりやす。もうお着きになっている頃でやしょう」

《鰯《もち》の木店》の木戸口は、物見高い者どもで塞《ふさ》がれていた。

「どいてくれ。通れねえじゃねえか」

加曾利孫四郎の寂《さび》のある声が、人だかりを左右に分けた。加曾利は案内の下っ引を放《ほう》り出して、木戸口を潜った。

事件のあった借店《かりだな》は直ぐに分かった。

本所見廻り同心と医師が、聞き耳を立てている大家らの傍《かたわ》らで仏について大きな声で話していた。

加曾利は軽く舌打ちをして、声を掛けた。

「ご苦労様ですな」

「これはこれは」

本所見廻り同心が、顔に安堵の色を浮かべて頭を下げた。本所見廻りの役目は、橋の普請《ふしん》とか川浚《かわざら》えが主で、血腥《ちなまぐさ》い事件にかかわることはまれだった。

「こちらは医師の三崎順安《みさきじゅんあん》先生です」

加曾利は名乗ってから、順安の背を押すようにして土間に入った。血潮《ちしお》のにおいが鼻を突いた。二か所に血溜《ちだま》りの跡が出来ていた。

「殺されたのはいつ頃か、分かりますか」

「血の固まり具合からして、夜八ツ（午前二時）から暁《あかつき》七ツ（午前四時）に掛けてでしょうな」

亡骸《なきがら》は既に動かされ、二体並べて寝かされていた。加曾利は咽喉の傷口を調べてから、仏の背を覗き、袖《そで》をたくし上げた。入れ墨はなく、彫物もしてはいなかった。

「まともな商いをしている奴には見えねえが、名は何というんだ？」岡っ引に訊いた。

「それが、分からないんで」

「ここの店子《たなこ》じゃねえのか」

岡っ引が、大家を呼び、答えるように言った。

「ふたりとも店子ではございません」

「店子はいたんだろう？　そいつの名は？」

「仲蔵《なかぞう》と申しますが、博打ばかり打っていた男でございます」

「そいつは、今どこにいるんでえ？」

「先月、胃の腑《ふ》が破けたとかで血だらけになって小石川の養生所に運ばれ、今もそこに入っております」

養生所は、八代将軍吉宗《よしむね》が享保《きようほう》七年（一七二二）に設置した療養施設である。

「間違いねえな？」

「大家として見舞いに行っておりますので、間違いございません」

「博打を打ってたらしいが、殺されたふたりは奴の博打仲間か何かか」

「さあ、どうなんでございましょう。そこまでは存じませんが」

「見付けたのは、お前さんか」

「はい。今朝《けさ》方、仲蔵さんのことを話しに行きましたら、この有様で……」

これ以上大家に訊いても、埒《らち》が明きそうになかった。

「また訊くこともあるかもしれねえから、外で待っていてくんな」

大家が逃げるように土間から外に出た。

「仏がどんな格好で事切れていたのか」と加曾利が、岡っ引に言った。「書いたものがあったら、見せてくんねえか」

岡っ引が同心の許に行き、小声で加曾利の求めを説明している。同心が懐《ふところ》から墨に汚れた紙片を取り出した。

上手《うま》い絵でもなければ、万全なものでもなかったが、亡骸が柱から何尺のところに敷かれた敷布団《ぶとん》の中にあり、その時の手足の格好から首の向きなどが細かに記されていた。

「剃刀《かみそり》か匕首《あいくち》かは分かりませんが」と、医師の順安が横から口を挟んで来た。

「寝ているところを襲われ、咽喉を斬り裂かれたのが死因ですな」

言い終えた順安が、もういいだろうと言いたそうな顔をした。加曾利は無視して続けた。

「他に傷か、首を絞められた痕《あと》とかは?」

「ありませんでした」

加曾利は屋内を見回し、敷布団を探した。隅に片付けられていた。

「広げてみろ」

下っ引に怒鳴《どな》っているところに、霊岸島浜町の留松が駆け付けて来た。

「加曾利の旦那、遅くなって申し訳ございやせん。御用の方は無事済みました」

「おう、ありがとよ。助かったぜ。着いたばかりのところを済まねえが、奥の敷布団を広げてくれねえか」

さっと上がり込んだ留松が、十手《じって》を敷布団に差し込み、横に払った。二枚ともべっとりと黒い染みがこびり付いていた。

「ふたりとも酒でも掻《か》っ食らって、敷布団に転がり込んで寝ていた。そこを襲って、寝ている奴らの咽喉を次々と掻っ斬ったってとこか……」

独りごちるように言うと、加曾利が留松に言った。

「大家と隣近所の者に、昨夜何か物音か話し声がしなかったか、ひとりひとりに様子を訊いてくれ」

「承知しやした」

留松が、羽織《はおり》の裾《すそ》を翻《ひるがえ》して表に飛び出した。

加曾利は、留松が聞き込みをしている間に、医師の順安に礼を言い、下っ引を供に付けて帰した。

「旦那」留松だった。「仏ですが、昨日は何か面白くないことがあったのか、夜中過ぎまで、何やら言い争っていたそうです」

「そこに、ふたり以外の者がいたってことはねえのか」

「まだ、そこまでは」

「調べてくれ」

出ようとした留松と、入ろうとした大家が、敷居の上でぶつかりそうになった。

「昨夜は」と大家が言った。「三人だったそうでございます」

「見た者がいたのかい？」留松が訊いた。

「見てはおりませんが、声を聞いた者がおりました」

「そこにいた店子の衆には、訊いたが」

「朝、木戸が開くと同時に商いに出ていた魚屋が帰って来たのです。この借店の右隣に住んでいる者でございます。呼んで参りましょうか」

加曾利は血潮のにおいにむせ返りそうな室内を見回してから答えた。

「外で訊こう」

敷居の外に出ていると、大家が魚の棒手振《ぼてふり》をしている男を連れて来た。

「秀次《ひでじ》でございます」

捩《ねじ》り鉢巻きにしていた手拭《てぬぐい》を取り、掌《てのひら》の中で丸めている。

「疲れて帰って来たところを済まねえが、教えてくれ。昨夜のことだが、隣の声が聞こえていたそうだな」

「はい。怒鳴り合ったりしてうるさかったもので、よく聞こえておりました」

「それは、何刻《なんどき》だか分かるか」

「四ツ（午後十時）か四ツ半（午後十一時）だと思います。あっしは朝が早いので五ツ（午後八時）か遅くとも五ツ半（午後九時）には寝るのですが、昨夜は一度寝たところを騒ぎで起こされたものですから」

「三人に間違いないか」

「はい。ふたりが言い争い、それをもうひとりの者が宥《なだ》めていました。声は三つで、人の気配も三つでした」

「大凡《おおよそ》でいいんだ。そいつらの年の頃がどれぐらいのもんか、見当を付けちゃくれねえか」

「恐らく、三十を過ぎた頃かと」

「お前さんは、二十五、六かい？」

「二十七です」

「お前さんより、五つ六つ上ってことになるか……」

うっ、と秀次は唸《うな》ると、爪の甘皮を噛《か》んで考えていたが、もしかしたらと言った。

「三十路《みそじ》の半《なか》ば過ぎから四十くらいかもしれません」

「隣の店子を見たことは？」

「ございます」

「隣に出入りしていた者は？」

「見たことが、ございます」

「助かるぜ。中で殺されているのは、店子じゃねえ。隣に出入りしていた奴かどうか顔を見ちゃくれねえか」

「あっしが、ですか」

「どこの誰だか分からないと、調べの進めようがねえんだ」

「分かりました」

秀次は、唾《つば》を飲み込みながら頷いた。

「ちっと待て」

加曾利は留松を呼び、仏の咽喉の傷口を布で隠しておくように命じた。留松は土間に入ると流しの上に干されていた布巾《ふきん》を取って、仏の傍らで膝を突いた。

秀次が留松の向こう側に回った。加曾利がのっそりと秀次の横に並んだ。

「いいかい？」留松が訊いた。

「へい」秀次が、仏の顔を覆《おお》っている白布を見下ろした。留松が二枚の白布を取った。

秀次は、ふたりを交互に見てから、それぞれの男の特徴を探すように凝《じ》っと見詰めた。

「どうだ？」加曾利が尋ねた。

「手前の男に、見覚えがございます」秀次が答えた。

「そうかい。名は何というか、分かるかい？」

「そこまでは」

「ここには、よく来てたのか」

「一度か二度見掛けたことがありましたが、それよりも回向院の門前町でぶつかりそうになったことがありまして、その時ひどく怒鳴られたので、よく覚えているのです……」

そこまで言ってから、あっ、と秀次が声を上げた。

「どうしたい？」留松が、秀次を見上げた。

「確か、《そうすけ》という名を昨夜聞きました」

「《そうすけ》に間違いねえな？」

「棒手振仲間と同じ名なので、間違いございません」

「ありがとよ。大手柄だ。助かったぜ」加曾利は、秀次に礼を言い、もう少しいいか、と訊いた。

「仏の似絵《にせえ》を描くんだが、仕上がりを見てもらいてえんだ」

「そりゃ構いませんが、隣で待っていてもよろしいでしょうか。一日歩いて疲れちまっておりやして」

「そうしてくれ。絵師が来たら、呼びに行く」

秀次を送り出し、絵師を連れて来るよう言おうとして、福次郎がいないことに気が付いた。

「手下《てか》はどうした？」

「あの野郎、今日は人に会いたいから夕方まで暇をくれ、と言いやして、どこかに行っておりやす。まさか、こんなことが起ころうとは思わなかったんで。申し訳ありやせん」

「これか」

加會利が小指を立てた。

「まさか」

留松が、間髪を容《い》れずに否定した。

「まさかな」

加曾利も笑って否定した。

「では、親分を走らせて済まねえが、頼まれてくれ」

「よろしゅうございやす」

外に出た留松が、大家に葬儀のことを尋ねられている。店子でもない者の葬儀は勘弁してもらいたい由の言葉が洩《も》れ聞こえて来た。

「近くの寺に運ぶから、心配するな」

加曾利の声に、大家が揉《も》み手をして応《こた》えた。現金な奴だぜ。加曾利が首を振ったところに、銀次と西ヶ谷勝次郎が着いた。

「丁度いい。見てくれ」

加曾利は留松に、西ヶ谷が何と判定するか聞いてから行くように言い、銀次と西ヶ谷を借店に上げた。

顔を覆った白布と、咽喉の傷口を隠していた白布を取った。

横一文字に、傷口がぱっくりと口を空けていた。

「どうでえ？」

西ヶ谷は、両の手で傷口を開くようにして覗き込んだ。傷口の端《はし》からまだ固まっていない血潮が溢《あふ》れて流れた。

「見た限りでございますが、《絵師》の仕業だと思います」

「そうかい」加會利が、これまでの話を掻い摘んで話した。「ここに三人いた。ふたりが殺され、ひとりが逃げている」

「すると、そのひとりが？」銀次が訊いた。

「《絵師》のはずだ」加會利が、拳を握って見せた。「留松、走って来い」

「へい」

「どこへ？」銀次が訊いた。

「仏の似絵を描く絵師を呼びに行くんだ」

「このふたりの顔を描くんですか」西ヶ谷が訊いた。

「そう言ってるだろうが。何か文句でもあるのか」

「これくらいなら、私が描けますが」

「あんたが」加會利が言った。

「駿府では、絵師の数が少ないので、見て描くのは同心の仕事なのです。話を聞いて描くのは出来ませんが」

「描いてみてくれ」

「では」

西ヶ谷は懐紙を広げると、筆と矢立《やたて》を取り出してから、亡骸を凝っと見下ろした。顔を見、髷《まげ》を見、耳を見終えると、額を眉《まゆ》を目を鼻を口を見ている。唇が割れ、赤い舌先がちろちろと覗いた。舌の先が上唇を嘗め、次いで下唇を嘗め終えた。西ヶ谷が筆を手に取った。輪郭《りんかく》から描き始めた。筆に迷いがなかった。穂先が流れるように伸び、瞬く間にひとつの顔が出来上がった。

「留松、隣の棒手振を呼んで来い。目ン玉見開いた時の顔と同じか見てもらわんとな」

「へい」

棒手振が来た時には、似絵はほとんど仕上がっていた。

ひとりは眉が薄く、目が細く、唇が厚く描かれており、もうひとりは目付きの鋭い険《けわ》しい顔をしていた。

「この男です」と棒手振が、目付きの鋭い男を指さした。「そっくりです」

「大《てえ》したもんだな。見直したぜ」加曾利が言った。

「では、これを掏摸《すりし》に回しやしょうか」留松が訊いた。

「その必要はねえかもしれねえぞ。取り敢《あ》えず回向院の門前町に行ってみよう」

だが、そこに至って加曾利は、もし《絵師》の仕業ならば、借店のどこかに似絵が残されているかもしれないことに気が付いた。

「済まねえが」

行きそびれ、まだ居残っていた本所見廻り同心と手先の岡っ引に手伝わせ、隈《くま》無《な》く探したが、似絵はおろか紙片は何もなかった。

「持ち去ったのかもしれませんね」と西ヶ谷が、筆を仕舞いながら言った。さもなければ、似絵を描く暇もなく殺してしまったのだろう。

加曾利は、本所見廻り同心に、

「序《つい》でに、もうひとつ頼まれてくれ」

仏を寺に運ぶよう頼むと、返事を待たずに西ヶ谷らを連れて、回向院の門前町へと向かった。


ひとりの男の身性《みじょう》は呆気無《あっけな》い程簡単に割れた。似絵を見せられ、殺されたと知ると、何人もが男について俄《にわか》に饒舌《じょうぜつ》になって話し出したのだ。

訊かれた者が一様に嫌な顔を見せたことで、男の正体は自《おの》ずと知れた。

「間違いねえ。この苦水の捨吉って奴は、ダニだ」と加曾利が、銀次らに言った。「もうひとりの男も、何をしていやがったのか分からねえが、ダニと連《つる》んでいたのだから虱《しらみ》か何かだろう。ダニと虱を殺したお相手を探そうぜ。江戸に着いて間がねえんだ。奴どもと一緒にいた新参者と言えば、分かるだろうよ」

加曾利と留松、西ヶ谷と銀次の二手に分かれて、門前町を片っ端から聞いて歩いた。

煮売り酒屋の《芋屋》へは、加曾利らが先に行き着いた。

「捨吉と、この似絵の男、それにもうひとり、確かにおりました」《芋屋》の亭主が言った。

「《そうすけ》って名に、覚えはねえかい？」

「この男が《そうすけ》です」

亭主が、似絵の男を指さした。眉から目、唇を指でなぞり、一度見たら忘れられない顔だ、と言った。

「昨夜ですが、捨吉が来て、《そうすけ》と喧嘩《けんか》になったのを、もうひとりの男が止めてました」

「それから？」

「喧嘩なら外でしてくれと言うと、膳《ぜん》を蹴飛《けと》ばして、出て行きました」

「三人でか」

「へい」

「その時のことだが、何か耳にしなかったか。どこに行くとか」

「別に……」

「ここを出た刻限は？」

「五ツ半（午後九時）を少し回った頃かと」

回向院の門前町から夜道を歩いて北本所番場町の裏店まで行く。寄り道をしたとしても、四ツ（午後十時）前には着くだろう。隣の棒手振の話と符合する。

「そのもうひとりの男だが、名は？」

「本当の名は分かりませんが、《げいしゅう》と呼ばれていました」

「《げいしゅう》って、安芸《あき》の国の芸州か」

「と存じます。あの連中はよく生国《しょうごく》で呼び合いますから、恐らく」

「歳は？」

「四十前くらいかと」

「背は」

「高くもなく低くもなく、旦那や親分さんと同じくらいでした」

「十分だ。芸州か。絞れたじゃねえか」

加會利は拳を握ると、顔だ、と亭主に言った。似絵を描きたいのだが、どうだ、思い出せるか。

「しげしげと見ていた訳ではないので朧《おぼろ》げですが、よろしいでしょうか」

「朧月でも、形になってりゃいいんだ。今までは雲に隠れて見えなかったんだからな」

「連れて参りましょうか」

留松が加會利に尋ねた。絵師のことだった。

「頼む。駿府の道楽に合わせちゃいられねえ」

留松が絵師をともなって《芋屋》に駆け込もうとした時、西ヶ谷と銀次が路地に現われた。

三

霊岸島浜町の留松の子分・福次郎は、その頃、軍兵衛の息《そく》・竹之介とともに鳥《と》越橋《ごえばし》を渡り、浅草御蔵前の通りを歩いていた。

稽古《けいこ》帰りの竹之介を待ち伏せ、実は一昨日《おとつい》のことになりますが、と蕗らしい娘を見掛けたと話したのだ。

——見間違いではないかと、随分悩んだのでございやすが、どうにもあの時の若様のお嬢様に思えてならねえんです。

——福次郎さんが、見間違えるはずはありません。きっと蕗殿です。

竹之介の頬が瞬間内側から弾《はじ》けたが、見る間に萎《しぼ》んだ。

——でも、その人が蕗殿なら、どうして組屋敷に来ないのでしょう? 場所が分からないのでしょうか。

——誰かに訊けば、直ぐに分かりやす。

——そうですよね。分からないなんてことはないですよね。

なのに、どうして訪ねて来ないのか。来られない訳に思いをいたさない竹之介に、若さと一途《いちず》なものを見て、福次郎は戸惑ってしまった。

——とは言っても、今更何ですが、見間違いじゃねえ、とも言い切れねえんです。ただ似ていただけかもしれねえ……。だから、若様に言っていいものか、どうか……。

——ありがとう。よく話してくれました。実を言いますと、このところ蕗殿のことが思い出されてならなかったのです。探してみます。どこで、蕗殿を見掛けたのか、教えて下さい。
蕗の、はにかんだような笑みが、福次郎の脳裏《のうり》をよぎった。父《黒太刀》から
の書状を持って、奉行所に軍兵衛を訪ねた帰りに見せた笑みだった。
（あの娘には、何の罪もないのだ……）
――お教えいたしやすが、お探しになるのでしたら、あっしにもお手伝いさせて
下さいやし。
――よろしいのですか。
――親分から、今日一日暇をもらっておりやして、だから大丈夫なんで。
暇をもらったのは夕刻までだったが、思わず嘘《うそ》を吐《つ》いた。
――心強いです。ありがとうございます。
――お嬢様をお見掛けしたのは、浅草御蔵を過ぎたところにある諏訪社脇の路地
です。先《ま》ずは、そこに行ってみましょう。
――はい。
竹之介が木刀と稽古着の入った布袋を担《かつ》いだ。
――若様、このまま帰らないと、お母上様が心配なさるといけねえや。一旦《いったん》荷物
を置いて来られた方が、よかぁありやせんか。

――気が付きませんでした。置いて来ます。

なかなか組屋敷から出て来ない竹之介に、いらいらしながら待っていると、

――お待たせしました。お鷹に重湯《おもゆ》を飲ませる手伝いをさせられていたのです。

でも、こうして逃げて来ました。

もっと素早くやらねえと、それに逃げるなんざ言っちゃなりやせんぜ。口に出掛かった言葉を呑《の》み込み、急ぎましょうか、と福次郎は先に立って走り出した。

それからまだ半刻《はんとき》（一時間）も経《た》っていない。

「この先でございやす」

と福次郎が、八幡宮《はちまんぐう》の木立《こだち》の向こうを手で指した。

「ねえ、福次郎さん」と竹之介が言った。「くどいようですが、その娘が蕗殿だったとしたら、どうして真っ直ぐに組屋敷の方に来てくれなかったのでしょうね」

「……あっしにも、どうしてか」

「そうですよね。御免なさい」

「いいえ……」

八幡宮を過ぎ、諏訪社の前に出た。

「ここに入って行かれたようで」

諏訪社脇の路地を、福次郎が覗き込んだ。

「行ってみましょう」

「へい」

竹之介に続いて福次郎が、路地に足を踏み入れた。

生け垣越しに、家を覗いた。手入れの行き届いた小さな庭に、ひとりかふたり暮らしなのだろうか、小さな家があり、静けさが漂《ただよ》っている。どの家からも、子供の気配は感じられなかった。三味線《しゃみせん》の師匠の看板と針仕事を引き受ける旨の看板の出ている家が二軒並び、その隣は隠居暮らしの者が住んでいるらしい。

「誰でもいいから、出歩けよな。訊けねえじゃねえか」

福次郎が路地の前後を見回していると、奥の方から老婆の姿が見えた。

「婆《ばあ》さんだ。しょうがねえな」

福次郎が竹之介に首を振ってみせた。

「婆さんで悪かったね」

老婆が、横を通り過ぎながら福次郎に言った。

「聞こえたのかい」福次郎が訊いた。

「頭の悪い男だね。聞こえなかったら言える台詞《せりふ》かい？」

福次郎は、老婆との距離を目で計ってみた。およそ十五間（約二十七メートル）はあった。

「済まねえ。口も頭も悪いが、心はいい方なんだ。ちょいと人を探しているので、教えちゃくれねえかな」

老婆は福次郎を頭の天辺《てっぺん》から足の爪先まで見てから、ひょいと竹之介に目を遣り、

「悪者じゃなさそうだから」と言った。「知っていたら答えてやるよ」

「名は蕗と言ってな、背丈はこれくらい」

と福次郎は手で示し、歳を口にした。

「つい一昨日のことだが、諏訪社の曲がり角で見掛けた者がいるんだが、どうだい？　覚えはねえかい」

「蕗。十二歳。知らないねえ」

「そうですかい」

竹之介としては、老婆が蕗について思い出すか見掛けた時には、近くの自身番まで出向いてもらえるよう父の名と身分を明かしたかったが、私《わたくし》の用で自身番

を使うことは憚《はばか》られた。

「お手間を取らせました」竹之介は礼を言って引き下がった。

ふたりは、三間町《さんげんちょう》から八間町《はちけんちょう》、福川町《ふくかわちょう》から田原町と町々を訊いて歩いたのだが、蕗らしい娘を見掛けた者はひとりもいなかった。

「若様、これだけ探しても見付からねえんです。やはり見間違いだったのかもしれやせん……」

思わず弱音を吐いた福次郎を、竹之介が叱《しか》った。

「まだ探し始めて僅かですよ。これからではないですか」

「そうは仰《おっ》しゃいやすが、果たして本当に江戸にいらっしゃるのかどうか、自信がなくなって来やした」

「います。蕗殿は必ずいます」

「どうして、そう言い切れ……」福次郎は、突然言葉を切ると、若様、と言った。「調べる方法《てだて》がありやした」

「どうすればよいのです?」

「黒鍬《くろくわ》の組頭様に訊くんですよ」福次郎が、身を乗り出した。「蕗様の伯父上様《おじうえ》は忍の黒鍬でございやした。ならば、もし蕗様が忍を飛び出したなら、こちらの黒鍬に知らせるとは思われませんか」

「福次郎さん、流石《さすが》です」

「組頭の真崎茂兵衛《まざきもへえ》様なら、組屋敷を存じておりやすし、お会いしたこともござ
いやす」

「行きましょう」竹之介が言った。

「待っておくんなさい」

福次郎は西空に目を遣ると、首を振った。

「今から板橋近くまで行くと、帰りは真っ暗になりやす。ここはちいと我慢し
て、明日にした方が」

「そうでした。勝手を言いました」

「とんでもないことでございやす。勝手なのはこっちのことでして、明日は親分
のお供をしなくちゃならねえんです。ですから……」

「大丈夫です。黒鍬の組屋敷へは、ひとりで行きます」

「申し訳ありやせん」

「何を言われるのです。今日こうして探しに来られたのも、福次郎さんのお蔭《かげ》で
す。礼を言います」

「若様、俺は碌《ろく》でなしと言われ続けて来た男だから、こんなこと言っても信用しちゃくれないでしょうが、若様はきっと立派な八丁堀の旦那になられると思いやす。本当ですよ」

「福次郎さん……」

照れたのか、福次郎はひょいと頭を下げると、手短に真崎家への道筋を教え、走り去って行った。足捌《あしさば》きが軽かった。それが、心のつかえが取れたがためだとは、竹之介は知らなかった。

西空を見ながら歩いた。

雨雲らしいものは、どこにも見えなかった。

（明日も晴れるぞ）

竹之介は幸先のよいものを感じた。

四

奉行所の玄関口が騒々しくなった。

加曾利の声が響いている。調べが上手くいった時も、しくじった時も、騒々しいことに変わりはなかったが、上手くいった時の声は弾《はず》み、しくじった時は荒れる。

（分かり易《やす》い奴だぜ）

と軍兵衛は苦笑しながら、出迎えに立った。

「《絵師》の仕業に相違ないぞ」

加曾利が、西ヶ谷を手招きした。

「殺しの手口が《絵師》のものだそうだ」

咽喉を指ですっと裂く真似《まね》をした。

それからな。懐や袖口を探っていた加曾利が、皺《しわ》だらけの懐紙を取り出しながら言った。

「これが、殺されたふたりの似絵だ。名は、苦水の捨吉と《そうすけ》。西ヶ谷が仏を見て描いたんだ。どうだ、上手いものだろう。駿府ではな……」

尚《なお》も話そうとして、加曾利が口を閉じた。

軍兵衛が懐から取り出したものと、《そうすけ》の似絵とを見比べている。

「何だ、そっちのは？」

「間違いねえ。中間の惣助だ。目の細さ、眉の薄さに唇。こいつだ」

「それは、どうしたんだ？」

「菱沼春仙に描いてもらった似絵だ」

「俺は、そんなもの知らねえぞ」

「誰にも見せちゃいねえ」

加曾利の頭に閃《ひらめ》くものがあった。そうか。

（御用頼か……）

「何をしたんだ？」

大名家から能《のう》の面を盗んだのだ、と軍兵衛が手短に経緯を話した。

「そんなものは、どこにもなかったぜ」

「もう窩主買を通して、俺の手から大名家に戻っている」

「速いな」

「俺のやることだ。当然だろう」

「どこだ？　越前か」

「そうだ。丸岡だ」

有島家のことであった。

「惣助の亡骸は、本所見廻りに頼んで近くの寺に入れておいたぞ」

「それでいいだろうよ」

「まあ、これで《惣助》が何者か、分かった訳だ。礼を言うぜ」

「惣助は《絵師》に殺されたのか」

「そうだ」

「似絵は、あるのか」

「摺られている頃だ」

見てもらえれば分かることだが、名は不明だ、と加曾利が言った。通称は、芸州。安芸が生国なのか、それともただそう名乗っただけなのかも分からねえ。

「どうでもいいじゃねえか。芸州が《絵師》ならば、手前《てめえ》が流れて来た西国の名を言っただけだろうしな」

「かもしれねえが、どこかで芸州の名を耳にしたら、取っ捕まえてくれ」

「承知した。似絵は、明日にでも、もらおうか」

「誰を動かしたんだ?」加曾利が声を低めて訊いた。「窩主買が素直に出したとは、余程《よほど》の大物らしいな」

「敵《かな》わねえな。蛇骨だよ」

「そいつは凄《すげ》え」

加曾利は小さく唸ってから、惣助が、と言った。

「殺される前、捨吉と喧嘩していたそうだ。金のことでな」

「惣助は、単なる博打好きな男で、悪《わる》じゃねえ。窩主買なんて知らないはずだ。捨吉は、どうなんだ？」

「苦水の二つ名の通り、土地の嫌われ者で悪だ。もっと調べなければ分からないが、そっちの方には詳しいだろうな」

「見えて来たじゃねえか。惣助が盗み、捨吉が売った。惣助は大名家の納戸《なんど》から盗んだものだから、高値で売れると思っていた。ところが、とんでもない駄物《だもの》だったので買い叩かれた。それも、ひどい安値でな。喧嘩の原因《もと》は、そんなところだろうよ」

「それでふたりに愛想《あいそ》を尽かし、一遍《いっぺん》に片を付けたって訳か」

「分かり易過ぎねえか」

「結構なことじゃねえか」

「まあな」

軍兵衛は、西ヶ谷の描いた似絵を加曾利に返しながら訊いた。駿府ではどうしたって？

「ああ、絵師の人数が足りないので、たまに同心が似絵を描くことがあるんだとよ」

「上手いもんだな」軍兵衛が西ヶ谷に言った。

「誉《ほ》められると、また描きたくなりますね」西ヶ谷が嬉《うれ》しそうに鼻を蠢《うごめ》かせた。

「上手いが、何か違うな」

「……何が、です？」西ヶ谷の声音が僅かに尖った。

似絵に生々しさがあった。そこが気になった。

廊下に足音が響いた。響いて来た方角を悟った軍兵衛が、板戸の陰に隠れた。

「どうした？」加曾利が訊いた。

「見張り所に行った。帰らぬらしい、と言っておいてくれ」

「誰にだ？　見張り所とはなんだ？」

「加曾利か」現われた島村が、苛立《いらだ》たしげな声を出した。「いつまで、そんなところにおるのだ。本所の件がどうであったか、早く来て話さぬか」

「ただ今」

「それと、軍兵衛を知らぬか」

板戸の陰で動かない。

「何やら慌てて見張り所に行くと言うて飛び出して行きました。あの分では、今日は戻らぬでしょう」

「何だ。夕刻になったら皆に話すと言うておいたのに、己が分かっているからと、逃げおったな。困った奴だ」

島村が、先に立ってずんずんと歩き出した。

（貸しだぞ）

加曾利は、声には出さず、口だけ動かして言った。

第四章　浪人・伊良弥八郎《いらやはちろう》

一

十一月十二日。

下谷長者町にある長屋《喜八店》にも、灯《ひ》がともり始めた。腰高障子《こしだかしょうじ》がぽつりぽつりと闇《やみ》に浮かんでいる。

天神の富五郎の借店《かりだな》には、まだ灯が点《つ》いていない。

(野郎、寝ていやがるのか、出掛けようとしているのか)

どっちなんだ、と小網町の千吉は、微《かす》かに苛立《いらだ》ちながら、細く開いた見張り所の障子窓から長屋の戸口を見下ろしていた。

「親分、お茶です。熱いですから」

下っ引《したっぴき》の佐平が、茶托《ちゃたく》にのせた湯飲みを千吉の膝許《ひざもと》に置いた。湯気が盛大に立ちのぼっている。

「おっ、ありがとよ」

熱くて湯飲みを持てない。茶托ごと持ち上げ、湯飲みの縁《ふち》を指一本で押さえるようにして飲む。それが、冬場の見張り所での喫茶の法だった。

温《ぬる》い茶をがぶ飲みしていては、小用の回数が増えるし、他の遣《や》り方で暖を取りたくても、火を焚《た》くと明かりが漏《も》れるので、炭の量は控えなければならなかった。その僅《わず》かな炭も、窓際の者は使えなかった。褞袍《どてら》を着込み、熱い茶をちびちび飲むしかなかった。

佐平が座敷の隅で、熾《お》きてきた炭に、羽織《はおり》を着せ掛けるように灰を被《かぶ》せている。鉄瓶《びん》の口から湯気が吹いている。

千吉が二口目の茶を啜《すす》っていた時、天神の富五郎の借店の腰高障子がするっと横に動いた。

首を出し、左右を眺め、それからゆっくりと身体《からだ》を路地に晒《さら》した。

飯を食いに出掛ける時の動きではなかった。

（誰かと会う……）

岡《おか》っ引《ぴき》の勘だった。

湯飲みを置き、褞袍を脱ぎ捨て、目は富五郎の動きを追いながら、指で佐平に命じた。

新六を起こせ。お前は付いて来い。

佐平は、水を汲《く》み入れた竹筒と、握り飯を包んだ手拭《てぬぐい》を両の手に握り締め、新六の肩を揺すった。

「動き出しました」新六の耳許で、佐平が囁《ささや》いた。「親分と後を尾《つ》けやす」

千吉が風のように階段口に向かった。先に行ってるぜ。

「追っ付け旦那《だんな》が見えるそうです」佐平は新六に千吉から言われていたことを話した。「お見えになったら、新黒門町の自身番《じしんばん》に行って下さい。そこに人を走らせるそうです」

「分かった。尾けてくれ」

「へい」

佐平も階段を飛び降りるようにして、見張り所を出て行った。

出たところの地面に、棒で描かれた矢印があった。佐平は矢印に従って走った。

千吉の後ろ姿が目に入った。佐平は、千吉の前方に目を凝《こ》らした。二十間（約三十六メートル）先に富五郎がいた。

富五郎は、小笠原信濃守の中屋敷の白壁に沿って西に進み、下谷御成街道に出たところで、南に折れた。真っ直《す》ぐ行くと筋違御門に出る。

富五郎が突然振り返った。そのままの姿で歩いている。

千吉の背に動揺はなかった。何食わぬ顔をして歩いているのだろう。

富五郎と目が合いそうになった。十間（約十八メートル）程先の地面を見詰めた。

焦りそうになる心の底で、千吉の言葉を唱えた。

（いいか。相手は通りを行く者すべてを見なけりゃならねえが、俺らは相手ひとりだ。滅多《めった》なことで気付かれるもんじゃねえ。堂々と歩いてりゃいいんだ）

堂々と、堂々と、と口の中で呟《つぶや》いてから顔を上げると、富五郎は向きを戻していた。

ほっと息を継いだ。その時になって、千吉の姿が見えないことに気付いた。

どこでえ？

目だけで辺《あた》りを探した。

「どこを見てやがる」千吉の声だった。「ゆっくりと左のお店《たな》に入れ」

佐平は言われたように、お店に入った。千吉がいた。瀬戸物問屋だった。

「何か、お探しでしょうか」

店仕舞いの手を止め、手代が笑顔で近寄って来た。

「済まねえな。何もいらねえんだ」

「はい？」手代が、犬のように首を傾《かし》げた。可愛《かわい》く見える歳《とし》ではない。

「覗《のぞ》いただけだ」

「へえ……」

御用の筋だ、あっちに行っててくれ。千吉が手代を追い払った。

「危ねえところだったぜ」

「済みませんでした……」

「何か、しくじったのか」

「分かりません」

「多分、何もしくじっちゃいねえよ。ただ、奴があんな芸当《げいとう》をしてくれたんで、こっちとしても気を付けようと思っただけだ」

「そうでしたか」

「またぞろ何かするかもしれねえしな。裾《すそ》を下ろしとくか」

千吉が尻《しり》っ端折《ぱしょ》っていた裾を帯から外して垂らした。佐平も裾を引いてはたいた。心なしか、折り皺《じわ》が伸びた。

富五郎の後ろ姿が僅かに小さくなっている。

「行くぜ」

程無くして、富五郎が東に折れた。二町（約二百十八メートル）も行けば、神田八軒町だった。神田八軒町には、料亭から煮売り酒屋まで食べ物屋が多く軒《のき》を連《つら》ねている。岡っ引・銀次の住まいであり、女房・浪《なみ》が営《いとな》む仕出し屋も、その一角にあった。

煮売り酒屋か料理茶屋にでも入られたら、富五郎を見失ってしまう。

「仕方ねえな」千吉と佐平は間合を詰め、六間（約十一メートル）程後に付いた。この間合では、何かあっても身を隠す場所も余裕もない。

富五郎が、四つ辻《つじ》を南にひょいと曲がった。曲がり方が、千吉には気に入らなかった。待ち構えているか、走り出したか、そのいずれかに思えた。

もし待ち構えているのだとしたら、焦って追い掛ければ、尾行が露見してしまう。慌てずに歩くことにした。

角を曲がった。数間の間合の先に、男が立っていた。男は悠然と、曲がって来る者を見据えていた。

目が合った。途端《とたん》に、千吉は肩を叩《たた》かれた。女がいた。

「駄目じゃないの」

と女が言った。女は、銀次の女房の浪だった。

「この間の魚、半分腐ってたじゃないの。あんなの持って来られた以上、二度と出入りさせないからね。覚悟おし」

千吉にしても、浪が何を言っているのか分からず、一瞬言葉に詰まったが、直ぐに芝居だと気が付いた。

「……本当でございやすか、申し訳ございやせん。勘弁して下さい。これからは、十分吟味《ぎんみ》して、二度とご迷惑はお掛けいたしやせん。もう一度だけで結構でございやす、どうか入れさせておくんなさい……」

千吉と佐平が交互に頭を下げた。

「親分、もう行きましたよ」

浪が小声で言った。顔を上げ、富五郎の後ろ姿を目で追ってから、千吉が微かに安堵《あんど》の息を漏らした。

「済まねえ。恩に着るぜ」

「道の真ん中に立っていて、何か様子が変だったので、さては家《うち》の人が尾けているのかと思ってたら、親分なので驚きました。でも、上手《うま》かったでしょ?」

「大《てえ》したもんだ。もっと礼を言いたいが、急ぐんでな。あばよ」

千吉が小走りになった。佐平は、浪に頭を下げてから、千吉の後に続いた。

富五郎は、尾行はないと踏んだのか、そのまま神田川に出ると、神田佐久間《さくま》町《ちょう》の縄暖簾《なわのれん》を潜《くぐ》った。

「どうしやしょう?」佐平が訊《き》いた。

「新六を呼ぶしかあるめえ。俺たちは顔を見られているんだ」

「行って来やす」佐久間町の自身番は、近くにあった。人を頼んで、新黒門町の自身番まで走ってもらわなければならない。

佐平が駆け戻って来ると、千吉は閉め損なった戸口の隙間《すきま》から中を覗いていた。

「野郎、いやすか」

「男と会っている」

「仲間でしょうか」

「船虫《ふなむし》の亀太郎《かめたろう》。忘れもしねえ、箸《はし》にも棒にもかからねえ男よ」

千吉が、吐き捨てるように言った。

「餓鬼《がき》の頃から手癖が悪かったんだが、十年前になるかな、ふいっといなくなったと思っていたら、更《さら》に悪くなって帰って来たようだ」

「親分……」

「何だ？」

「十年前というと、天神の野郎が所払《ところばら》いになった年じゃありやせんか」

千吉の瞼《まぶた》が膨《ふく》らんだ。

「佐平、手前《てめえ》、いいところに気が付いた。恐らく、それだ。野郎ども、天神の所払いを潮《しお》に連《つる》んで江戸を売り、流れ着いたところを笹間渡に拾《ひろ》われやがったんだ。そのふたりが揃《そろ》って江戸にいるってことは」

と言って千吉が、佐平の胸を、とんと突いた。

「他のどこでもありゃしねえ、笹間渡が、この江戸で盗みを働くからよ」

頷《うなず》いている佐平を押すようにして、戸口から離れ、柳の古木の裏に回った。

富五郎と亀太郎が連れ立って、煮売り酒屋から出て来た。酔う程には飲んでいそうにない。

それが、仲間同士が表で会い、酒を酌《く》み交《か》わす時の符間渡の決め事なのだろう。

ふたりは、言葉を交わすこともなく、富五郎は北へ、亀太郎は南に向かった。

「どうしやしょう？」

「よし、手前は亀を尾けろ。俺は富五郎を尾ける。途中で鷲津様と新六に会ったら、後を追うから、自身番に知らせながら行くんだぜ」

「任せて下さい」

佐平は、腰から下げていた竹筒と、懐《ふところ》に入れていた手拭の片方を千吉に渡した。握り飯が入っておりやす。

ありがとよ。声を残して、千吉が佐平から離れた。

佐平も前だけを見詰めて、地を蹴《け》った。

亀太郎は、筋違御門を通ると、柳原《やなぎわら》土手を左に見ながら火除《ひよけ》御用地を行き、小柳《こやなぎ》町《ちょう》の裏店《うらだな》《芳兵衛店《よしべえだな》》に入って行った。木戸口に立って、名札を探すと、確かに『かめ太郎』と記してあった。ざっと腰高障子に書かれている名や生業《なりわい》を見たところ、棒手振《ぼてふり》や卜占師《ぼくせんし》などが住んでいるらしい。

亀太郎の借店に灯がともった。夜具を敷いているのか。亀太郎の影が障子を横切った。ここ暫《しばら》くは、動かねえ。そう読んだ佐平は、矢立《やたて》と筆を取り出し、束《たば》ねた反故紙《ほごがみ》の裏に『小やなぎ丁　よしべえだな　さ平』と書き、火除御用地にあった自身番に走った。

佐平はそこで、軍兵衛の名と身分を綴《つづ》った半紙を見せた。己が軍兵衛の手の者として働いているという証《あかし》だった。佐平は自身番に反故紙を預け、前に寄った自身番に届けるよう頼むと、亀太郎が二月《ふたつき》前から住み着いていることを調べ、また《芳兵衛店》の路地に身を潜めた。

路地脇の大店は漬物問屋らしい。裏庭に大きな明樽《あきだる》が打ち捨ててあった。

（お誂《あつら》え向きだぜ）

板垣に手を掛けた。雨風を受け、半ば腐《なか》っていた板垣は、簡単に外れた。佐平は板垣を擦《す》り抜け、横向きに転がされている樽のひとつに潜《もぐ》り込んだ。雨露も凌《しの》げれば、風も防げる。

襟《えり》を掻《か》き合わせているところに、路地に人影が立った。千吉と新六に軍兵衛だった。佐平は小石を投げて居場所を知らせると、樽から這《は》い出した。

二

十一月十三日。

夜八ツ（午前二時）の鐘《かね》が鳴って、半刻《はんとき》（一時間）が経《た》つ。

綿入れを羽織り、熱燗《あつかん》を入れた徳利《とっくり》を抱いて、佐平が新六と見張りを交代したのは、夜九ツ（午前零時）だった。それから一刻半（三時間）になる。

昨夜軍兵衛は、見張りを置くことを強く渋った。

冬場であること。亀太郎に、天神と会った今夜に動きがあるとは思えなかったこと。また、見張り所に適した家がないばかりに、路地脇の大店の敷地に無断で入り、明樽に身を潜めるという遣り方が無茶であること。そして、なによりも、捕物《とりもの》がまだ切羽《せっぱ》詰まった状態にはないことから、一旦《いったん》見張りを解き、翌朝七ツ半（午前五時）から詰めたらどうかというのが、軍兵衛の考えだった。

——お言葉ではございやすが。

食い下がったのは、佐平だった。

——お願いでございやす。今日と明日の二《ふた》晩だけでも結構です。夜っぴて見張ってみたいんでございやす。

――動きがあると思うのか。

――分かりやせん。ただ、何となく嫌な気がするのでございます。

――分かった。若い時には、妙に勘が冴《さ》えることがあるもんだ。今夜のところは、お前の勘を信じてみようじゃねえか。もし、これで、何か動きがあったとすると、お前も一丁前《いっちょまえ》に御用の味が染《し》みてきたってことになるぜ。

軍兵衛と千吉は富五郎の見張りに回り、亀太郎の見張りは、夜中まで新六が、それ以降は佐平が受け持つことになった。

――綿入れと熱燗を忘れるなよ。

そう言って軍兵衛と千吉が去り、佐平も仮眠をとりに八丁堀の組屋敷に駆けた。

一刻半の間、ただ凝《じ》っと身動きせずにいると、身体が芯《しん》から冷えた。熱い酒を飲むと、胃の腑《ふ》の辺りがかっと熱くなるのだが、それは一瞬のことで、今度は更にひどい寒さが襲って来るのだった。

寒いだけではなかった。骨が軋《きし》み、痛み、そして痺《しび》れ、痺れが解けると今度は、前に痛んだ時よりも、遥かに激しい痛みが身体を奔《はし》った。

樽から這い出して、身体を伸ばしたかったが、亀太郎ではなくとも長屋の者に気付かれ騒がれてしまっては、元も子もなくなってしまう。

佐平は、少しずつ身体の位置をずらしては、痺れと痛みが遠退《とおの》くのを待った。

半刻が過ぎ、暁《あかつき》七ツ（午前四時）の鐘が鳴った。

張り詰めていた空が微かに緩み、白いものがひらりと舞った。

（雪かよ……）

雪は、地面に落ちる前に解けて消えた。

長屋の方から、ことりと音がした。亀太郎の借店の戸口が開き、黒い影が路地に滑り出た。亀太郎だった。

亀太郎は肌寒さに首を竦《すく》めると、ちっと舌打ちをしてから木戸の閂《かんぬき》を外し、長屋を出た。

（逃がしてたまるか……）

佐平は間合を十分にとって後を尾け始めた。まだ起き出している者はいなかった。行き交う人もいなければ、蜆《しじみ》や納豆を売る子供の姿もない。静かだった。己の雪駄が地面を擦《す》る音だけが、耳についた。

亀太郎に近付けなかった。間合を空けなければ、直ぐにも気付かれてしまう。

木戸番小屋のある町木戸に向かわず、亀太郎は向かいの大店横の木戸へと歩み寄った。裏店への入り口である。

(何の用があるんでえ)

木戸に手を掛けている。手首が木戸に吸い込まれ、閂が外れた。亀太郎の姿が木戸の内側に消え、木戸が閉まった。駆け寄り、木戸を探った。

(この辺りで手首が消えた……)

少しずつ位置をずらして、木戸の板地を強く押してみた。板の一部が、ことりと倒れ、ぽっかりと穴が開いた。

(こんな細工をしていやがった)

佐平は穴に手を入れて閂を外し、木戸を通った。

路地の奥で、気配がした。佐平は足音を忍ばせた。板垣で接している隣の長屋に忍び込もうとしているらしい。亀太郎の姿が板垣の向こうに見えなくなった。

佐平が続いた。

亀太郎は、割長屋の路地を突っ切り、木戸口の閂を外して出ると、また細工を施《ほどこ》していた板地から手を入れ、閂を差し込んだ。

木戸口を出た向こうは、亀太郎の住む長屋の隣町だった。町木戸を通らず、誰にも知られずに、隣町に出る。何を企《たくら》んでいやがるんでえ。佐平は、殊更《ことさら》音に気を付けながら、吐く息にも気を遣って閂を外して、外を窺《うかが》った。

五間（約九メートル）程先に、亀太郎の背があった。通りに立って、凝っとしている。

佐平は呼気を止め、身動きせずに、亀太郎が動くのを待った。閂を持つ手がかじかみ始めた頃、通りの向こうの軒下から、黒い影がひとつ滲《にじ》み出てきた。

影は、細く、小さく、痩《や》せていた。

「ご苦労だったな。湯冷ましで済まねえが」亀太郎が竹筒を差し出した。

影の手が伸び、夜空に竹筒の底を突き立てた。髪に混じった白いものが、微かな明かりに光った。

影の手が止まった。

「どうした？」亀太郎が訊いた。

「誰かいる……」影が答えた。

亀太郎が慌てて四囲《しい》を見回した。佐平は、閂を持った手をそっと上げ、いつでも差し込めるようにして、身を固めた。

数瞬が過ぎた。

「とっつぁん、気の回し過ぎだぜ」亀太郎が作ったような声で言った。

「なら、いいがよ」

「いつまでもこうしちゃいられねえ。行こうか」

ふたつの足音が町木戸の方に向かった。佐平は、裏店の木戸を出ると表店の軒下に入って後を尾けた。

ふたりは、通りを隔《へだ》てた須田町《すだちょう》の裏店の入り口の前で足を止めた。そこで影が再び、気配を探った。

「どうした、またかよ」

「どうも、気になってな」

影が嘗《な》めるように通りを見渡した。

「俺がそんなへまをするかよ」

亀太郎が細工をいじくり、木戸を開けた。潜り抜けるまでに、影が二度振り向いた。佐平は尾行を思い止《とど》まった。

「それでよかったんだ。お手柄だ。勘がずばりと当たったじゃねえか」

軍兵衛は佐平の労をねぎらうと、飯を食べるよう勧めた。

佐平は、湯気の立つ味噌汁《みそしる》を啜り、飯を搔っ込んだ。途中で漬物に箸が伸び、また味噌汁を啜る。

「その爺《じい》さんが、どのお店から出て来たか、だな」

「申し訳ありやせん」佐平が箸を止めた。「暗くて見えませんでした」

「お前が謝ることたぁねえんだ。さっ、食ってくれ」

軍兵衛は勧めながら、栄に味噌汁を頼んだ。

「佐平の奴が、あんまり美味《うま》そうにしやがるから、俺も欲しくなった」

「美味《おい》しいです」

「と言ってるぜ」

「佐平さんは、味が分かるから、作り甲斐《がい》があるわ」

栄が鷹の様子を見ながら言った。鷹はよく寝ていた。

「お蔭《かげ》で」と軍兵衛が、栄には取り合わずに言った。「絞れたじゃねえか、狙《ねら》われているお店がよ。須田町の大店のどれかだな」

味噌汁が来た。軍兵衛は、佐平にお代わりを勧め、汁を啜った。具は、豆腐と長葱《ながねぎ》だった。豆腐を賽《さい》の目に切るところから、別名博打汁《ばくちじる》とも言った。

「とにかく、お前は昼まで眠れ。俺は、その爺さんが誰なのか、調べてもらっておく」

「詳しい方が、いらっしゃるんで？」

「例繰方《れいくりかた》の宮脇信左衛門よ。一度でも悪さをした奴なら、あの男が見逃さねえ」

「凄《すご》い」と言って、佐平が飯を搔っ込んだ。

「お代わりだ」軍兵衛が叫んだ。

奉行所《ぶぎょうしょ》に着いた軍兵衛は、その足で例繰方同心《どうしん》の詰所に出向いた。宮脇信左衛門は、まだ出仕《しゅっし》していなかった。

板廊下を戻り、定廻《じょうまわ》り同心の詰所を覗こうとした時に、宮脇がゆったりと現われた。

「遅いではないか」

「まだ刻限前ですが」

「俺は探してた」

「…………」

「頼まれてくれ」

宮脇が、僅かに身を引いた。

「どうした、何か文句でもあるのか」

「私は、調べることは好きです」と宮脇が言った。

「知っている。だから頼むのだ」

「お待ち下さい」宮脇が、呼気を整え、きっぱりとした口調に変えた。「好きなのは、私の思うような段取りで調べることなのです。刻限を切られ、責め立てられるのは好むところではありません」

七ツ半（午後五時）までに調べてくれと急《せ》かしたことがあった。根に持っているのか、次からは急かされないようにと警戒しているのか。だが、そんなことは、どちらでもよかった。調べがつけばよいのだ。

「調べてもらいたいのは、笹間渡の吉造の配下と助《す》けに雇う者についてだ」

「分かる範囲の者はお教えしたはずですが」

「この間聞いた奴どもの中にはいなかった者だ。年の頃は、六十過ぎ。七十に近いのかもしれねえ」

身体の特徴など、佐平が見た通りのことを話した。

「笹間渡とは繋《つな》がっておりませんでしたが、確かにそんなのがおりました。調べてみましょう」

「一刻（二時間）以内に頼む」

「分かりました」

「おい」と軍兵衛が言った。「さっきの話は、どうしたんだ？　俺は刻限を切ったのだぞ」

「好むところではないと申し上げたのです。やらないとは、言っておりません」

軍兵衛はげんなりした顔をして見せた。

「俺は、不始末をしでかして例繰方に回され、しかもお前さんの下役になったら、奉行所を辞めるぜ」

「鷲津さんは、朝から元気ですね」

けっ、と叫んで横を向いたところに、小宮山仙十郎と駿府の同心・西ヶ谷勝次郎がいた。

「どうした、雁首《がんくび》揃えて？」

西ヶ谷は、芸州の行方を探して、仙十郎の見回路《みちすじ》を回っていた。

「他の見回路も、探してみたらどうなんだ？」軍兵衛が言った。「浅草辺りとか本所に深川、探すところは沢山あるだろう？」

「そうですよ。加曾利さんは、《絵師》の掛かりですし、今日からご一緒したら、いかがです？　どうやら、大川周辺に狙いを付けているようですよ」

「………」答えずに、西ヶ谷が下唇《したくちびる》を突き出した。

「どうした？」

「どうも、その、あの方は苦手で……」

「おい、駿府」軍兵衛が語気を強めた。「それで御用がよく務まってきたな」

「鷲津さん」

まあ、そう言わないで、と仙十郎が軍兵衛を宥《なだ》め、西ヶ谷に笑い掛けた。皆頑張っていますから、私でよければ一緒に回りましょうか。

「お願いいたします。私は小宮山さんとあれこれ話していると楽しくてならないのです」

頭を下げた西ヶ谷の脇で、軍兵衛が突然腰を曲げた。何か床に落とした物を探しているらしい。

「気持ちのよい朝だな」

仙十郎に声を掛けたのは、内与力《うちよりき》の三枝幹之進《さいぐさみきのしん》だった。内与力は、町奉行職に就《つ》いた大身《たいしん》旗本が家臣の中から選んだ私設の秘書で、用人《ようにん》のような役割をした。私設の秘書であるから、他の与力らが、町奉行が代わろうと与力の座にあるのに対し、主《あるじ》が奉行職を降りると、自《みずか》らも与力職を辞し、元の家臣に戻ることになる。

「おはようございます」

仙十郎が膝頭に手をあて、丁寧に頭を下げた。西ヶ谷は、その場に平伏している。

三枝は、背中を向けて床のあちこちに手をついている軍兵衛を暫く見ていたが、やがて仙十郎に問いかけた。

「《絵師》は、捕まりそうかな?」

「ただ今懸命に探しております」

「左様か。近々の捕縛《ほばく》を期待しているからな」

三枝は、軍兵衛の手許を覗き込むようにしてから奉行所に隣接している町奉行の役屋敷の方へと歩き去った。

軍兵衛は、やおら腰を伸ばした。探し物のことなど忘れた顔をしている。

「……鷲津さんは、あの御方がお嫌いなのですか」西ヶ谷が、遠慮がちに言った。

「気にするな。好き嫌いは誰にでもある」

軍兵衛は事も無げに言った。

「駿府では、御奉行の近習《きんじゅ》の方にあのような態度をとったら、まず島流しでございます」

「島流しとは、実《まこと》ですか」仙十郎が目を剝《む》いた。

「私どもの言葉で島流し、つまり、山奥に飛ばされるということです」

「そうですか。嚇《おど》かさんで下さい」

とにかく、と西ヶ谷が言った。新任の御歴々《れきれき》が駿府にお着きになる。町中、大騒ぎでございます。町頭《まちがしら》から選ばれた年行事と呼ばれる総代が、お出迎えのため、二里（約八キロメートル）東にある狐ケ崎《きつねがさき》まで裃《かみしも》を着て出掛けるなんぞは序の口で、御番所様《ごばんしょさま》が……。

「御奉行様のことでございます。御奉行様が駿府に着任されるのに際して、家臣の方々をお連れになりますが、町屋住まいの者の中で、その方々と同じ名の者は、畏《おそ》れ多いということで、改名しなければならないのです。例えば、仙十郎は仙太《せんた》に、軍兵衛は軍助《ぐんすけ》にというような具合ですね」

「仙太ですか」仙十郎が首を竦めてみせた。

「それだけ凄い権威なのでございますよ」

西ヶ谷の口は、尚《なお》も動いた。仙十郎の斜め後ろに立っていた宮脇が、西ヶ谷の口許を見ている。御番所様……、と宮脇が、西ヶ谷の物言いを真似《まね》た。

(あれは、どこに蔵《しま》っておいたかな……)

宮脇は、小さな泥人形のことを思い出していた。東海道・江尻宿《えじりしゆく》の外れで、亡き父が、ともに旅をしていた前髪姿の宮脇に買ってくれたものだった。

(あるとすれば、納屋《なや》の中であろう。組屋敷に戻ったら探してみるか)

三

竹之介は、剣道の稽古《けいこ》を早々に切り上げると、袋に納めた木刀や稽古着を持ち、北西《いぬい》の方角へと駆け出した。

昌平橋を渡る。湯島聖堂を過ぎ、中山道を北へ向かうと、加賀前田家の上屋敷の外れにある追分《おいわけ》で、道は二手に分かれる。左は板橋宿に通じる中山道で、右は日光《にっこう》御成道、別名岩槻道《いわつきどう》である。

竹之介は、中山道を使わずに日光御成道を選んだ。寄るところがあったのだ。九町(約一キロメートル)離れた駒込肴町《こまごめさかなまち》と浅嘉町《あさかちよう》の町境にある木戸番小屋が、それだった。半年前、蕗と雨宿りをしたことがあった。そこに、木刀と稽古着の布袋を預かってもらおうと思ったのだ。

店先に、見覚えのある老婆がいた。

竹之介は老婆に名乗り、用を済ませるまで荷物を預かってくれるよう頼んだ。老婆に否やはなかった。老婆は木刀と稽古着の袋を奥に運び込むと、白湯《さゆ》を淹《い》れようとしている。飲んでいる暇はなかった。白湯を断わり、私を覚えていますか、と尋ねた。

「半年前に、雨宿りをさせてもらったことがあるのですが」

「覚えておりますですよ」

「そうですか」

楽しく、嬉《うれ》しかった時を見ていた者が、それを覚えていてくれたことに胸が熱くなった。

「では、行って来ます」

老婆に見送られ、中山道に出、街道を駆けた。幕府の重鎮や大大名家の下屋敷が並んでいる。加賀前田家の中屋敷を過ぎると、行く手左に真性寺《しんしょうじ》の森が見えた。その斜め向かいの道を折れて行くと、黒鍬《くろくわ》の組屋敷があった。

竹之介は走るのを止め、右に曲《ま》がった。

歩いて行くうちに、道の両側が低くなり、小屋が建ち並び始めた。それらの貧しげな小屋が、黒鍬衆の組屋敷だった。

板を打ち付けたような母屋《おもや》の周りを、野菜畑が取り囲んでいる。母屋に隣接する小さな小屋は厠《かわや》だった。

蕗の家があった。住む人がいないらしく、庭が荒れている。

視界から蕗の家を捨て、福次郎から教えられた道順を辿《たど》り、組頭・真崎茂兵衛の家に向かった。

家は直ぐに分かった。蕗の家と同じように、やはり板などがあちこちに打ち付けられていた。

「御免」

竹之介は大声で案内を乞《こ》うた。奥の物陰が揺れ、妻女らしい女が姿を現わすと、式台に三つ指を突いた。

「私は、北町奉行所臨時廻り同心・鷲津軍兵衛の息《そく》・竹之介と申します。真崎茂兵衛殿は御在《おい》宅《で》でしょうか」

「少々お待ち下さい」

妻女は奥へ行くと、戸をこじ開けている。裏への出口があるらしい。開いた。俄《にわか》に奥が明るくなった。低い話し声がし、また闇に沈んだ。

そのまま妻女が戻って来ない。どうしたのか、と奥を覗き込んだ時、背後から声がした。

「ようお出《い》でなされた。中は暗いので、こちらにどうぞ」

外に出るようにと手招きをしている。蕗の父の通夜で会った侍《さむらい》だった。改めて、竹之介は名乗った。真崎も丁寧に自らの名を口にした。

裏に回った。薪《まき》を割っているところだったらしい。斧《おの》と鉈《なた》が、丸太に打ち付けられている。

真崎が並んだ丸太のひとつを手で示し、座るように言った。

「丁度《ちょうど》非番でして、よかったですな」真崎は項《うなじ》の汗を拭《ふ》きながら、尋《たず》ねた。「今日はまた何か、こちらに御用でも？」

「教えていただきたいことがあります」

「私で分かることならば、何なりと」

「亡き押切玄七郎殿の御息女・蕗殿を江戸で見掛けた者がいるのですが」

「……………」真崎は表情を動かさずに、竹之介の目を見ている。

「今は忍の御城下におられるはず。何か用あって江戸に来られたのか。それとも……」

「知ってどうなさる?」

「忍に行く時、私は待っていると言いました」

「ならば、待っておられるがよろしかろう」

「忍を、出たのですか」

「そのようですな」

竹之介が腰を浮かせた。

「路銀《ろぎん》は潤沢に持っているのでしょうか」

「詳しくは知らぬが、僅かな着替えと脇差《わきざし》を一《ひと》振り持って出たそうな。先月の末のことになりますか」

竹之介が身を守れと与えた脇差だった。

「探します。これで探す張りが出来ました。よくお話し下さいました」

「通夜の席の様子から、お手前と蕗が憎からず思い合っていたことは、私も察しておりました……」

真崎が、言葉を選びながら言った。

「組屋敷には、誰も住んでおられぬようですが」

「あのままになっています」

「寄ってもよろしいでしょうか」

「私も参りましょう」真崎が立ち上がった。「誰かに見咎《みとが》められては気の毒だ」

真崎は家の裏の戸を開けて妻女に声を掛けると、先に立って土手を登った。

擦れ違う者が真崎に会釈《えしやく》をしてから、竹之介を見た。竹之介は軽く辞儀《じぎ》をした。

真崎の足が土手を降りて行く。竹之介も続いた。

「閉めっ放しなので」

戸口を開けている。跳《は》ね上げ戸を開くと、屋内に光が射《さ》し込んだ。

埃《ほこり》が舞っている。

竹之介は板床に上がろうとして、囲炉裏《いろり》の四囲がきれいに拭かれているのに気が付いた。

「来ておったのだな……」真崎が言った。「どのような思いで拭き、去ったのであろう……」

竹之介が思ったのと同じことを、真崎が口にした。

「必ず探し出して下され」真崎の目に、涙が一杯溜《た》まっていた。

組屋敷を辞し、竹之介は木戸番小屋に向かった。

荷物を預かってもらった礼をしなければならない。菓子を購《あがな》い、白湯をもらった。代金に心付けを上乗せして払おうと思ったのだ。序《つい》でに、老婆に訊いてみた。

「以前ここで菓子を食べた時、一緒だった女子《おなご》のことを覚えていますか」

「ああ」

老婆が、右の拳《こぶし》を左の掌《てのひら》に打ち付けた。

「先立って麸《ふ》の菓子を買ってくれた娘に見覚えがあったんですが、誰だか分からなかったのでございますよ」

「いつ頃のことです？」

「先月の晦日《みそか》よりこっちくらいでしょうかね」

「どちらに向かいました？」

「この道を真っ直ぐ」と中山道を指さした。「明神様のある方へ」

「ありがとう」

竹之介は、余分に心付けを置き、木刀と稽古着を入れた布袋を背負い、一目散《いちもくさん》に駆け出した。

四

天神の富五郎に、これという動きはなかった。借店を出たのは、小用を足しに行った時だけだった。

「暫くはおとなしくしているかもしれやせんね」

細く開けた見張り所の障子から、《喜八店》を見下ろしながら新六が言った。

「俺もそう思う。何しろ昨日の今日だからな」千吉が、機嫌のいい声を出した。

「身体がもちやせんよ」

佐平が、まだ眠たそうに瞼を腫《は》らしている。

「あの爺さんがどこの何者か、だな」と軍兵衛が、皆に聞こえるように言った。

「今、宮脇信左に調べてもらっている。その回答《こたえ》を待ってからだ」

「急いでもらう訳には？」と佐平が訊いた。

「俺たちは聞いた傍《そば》から忘れちまうが、あいつは覚えている。あいつの頭の中は、役に立つものから立たぬものまで一杯に詰まっているのよ。それらと書庫の文書と繋ぎ合わせるんだから、多少時が要るんだろうよ。任せるしかねえな」

「分かりやした」

「どうだ？　何か美味いものを食わねえか」軍兵衛が言った。「食いたいものを言ってくれ」

佐平が腕組みをした。

「新六」と軍兵衛が、窓辺から目を離さない新六に言った。「何かねえか」

「では、お言葉に甘えて」

新六が、池之端仲町《いけのはたなかちょう》の料理茶屋《抱月亭《ほうげってい》》の不忍《しのばず》弁当の名を挙げた。白身魚を焼いて身をほぐした上に、たっぷりと錦糸《きんし》卵をのせた弁当は、土産物《みやげもの》としても評判になっていた。

「よし、佐平。走って来い」軍兵衛が懐から小粒《こつぶ》を取り出し、佐平に渡した。

「下のふたりの分もな」

「都合、五人前だぞ」と千吉が言った。

「ってことは、ひとつ足りやせんが？」佐平が訊いた。

「それでいいんだ」千吉が親指を下に向けた。「出る前に、おふたりに弁当を差し入れさせていただきますから、何の用意もなさらねえで下さい、と言うんだぞ」

「するってえと、旦那は、召し上がらないんで？」

「たまには、御新造さんのお手作りに箸をつけてもらわねえと、顔向けが出来ねえだろうが、気の利《き》かねえ野郎だな」

「成程《なるほど》、分かりやした。では、行って来やす」

佐平が階段を走り下り、階下のふたりに弁当の件を話している。

「何が一丁前に、成程だ」と言って、千吉が頬《ほお》に笑みを刻んだ。「銀次から聞いた話ですが、小宮山の旦那も、西ヶ谷の旦那には相当閉口しているようでございます」

「何かあったのか」

「絶えず話していないと落ち着かぬ質《たち》なのか、見回りの最中も話し通しなのだぞうです」

「それが分かっていたから、俺は逃げて仙十郎に押し付けたのよ。歳が近い者がよいだろうと言ってな」

「小宮山の旦那もお可哀相《かわいそう》に。それじゃ浮かばれませんや」

「違《ちげ》えねえ」

軍兵衛は刀を手に取って立ち上がると、後は任せたぜ、と言った。何かあったら、誰かを寄越《よこ》してくれ。

「承知いたしやした」

階段を下りる軍兵衛の後ろに続き、千吉が戸口で訊いた。

「いかがなさいやす？　例の煮売り酒屋に寄られやすか」

「こんな時に済まねえが、気持ちのいい浪人がいてな。ちょいと話してから帰るつもりだ」

「こう言っては何ですが、御役目を離れて、ほっこりとお話が出来るお相手など、そうはいるもんじゃございやせんでしょう。よい御人が出来て、喜んでいるんでございやすから、気にしないで下さいやし」

「済まねえな」

屋根瓦《がわら》の上の雲が、夕日の名残《なごり》を受けて、淡く燃えていた。

日が沈めば、名残も失《う》せ、夜になる。夜が来れば一日が終わる。そう思っていたのは、幾つまでであったか、とふと軍兵衛は思った。

長浜町の《瓢酒屋》は、相変わらず客の入りが悪かった。

伊良弥八郎がいるだけだった。空の銚釐《ちろり》が並んでいた。

「もう見える頃かと、思っていたんですよ」

伊良が銚釐を持ち上げて、酌《しゃく》をしようと待ち構えている。軍兵衛は、酒と肴《さかな》を注文しながら杯をもらい、伊良の酒を受けた。

「お忙しそうですな」伊良が、杯を空けた。

「世の中、悪い奴が多いもので、なかなか」

「善人は、鷲津さんとここの親父《おやじ》くらいなものでしょう」

「伊良さんは、入らないのですか？」

「私ですか」伊良は腕組みをして考えた後、駄目でしょう、と笑いながら答えた。

「私も善人じゃござんせんですよ」主が肴を運んで来ながら言った。「泣かせ、泣かされ、この歳になっちまったという訳ですからね」

「お互い様だあな。俺だって、人に誇れるような毎日を送っちゃいねえよ」

「済みません」伊良が頭を下げた。「私が、話の方向を曲げてしまった。明るく楽しい話にしましょう」

銚釐と杯の応酬をしてから、ふたり揃って肴に箸をつけた。

湯《ゆ》掻《が》いて出汁《だし》に浸《ひた》しておいた青菜と剝《む》き身を混ぜ、小鉢に盛る。焼いた海苔《のり》を揉《も》んでのせる。ただそれだけのものだったが、海苔の放つ磯の香りが心地よかった。

酒場の外を、ひたひたと歩み去る脚音がした。

「犬ですな」と伊良が言った。あの犬に飼い主がいるかいないか。どちらだと思います？　さあ、どちらでしょうか。

「野良でしょう」あの脚音は、帰る当てのない歩き方をしているものが立てる音ですよ。伊良が、酒をふたつ続けて呷《あお》った。身体がぐらり、と揺れた。

「鷲津さん、私はあなたと知り合えて嬉しいんですよ」

「…………」軍兵衛は、俺もだ、という思いを込めて頷いた。

「だから、言っておく。私は善人ではない」

伊良が、銚釐を逆さに振った。親父、もう一本。主が軍兵衛を見た。やってくれ。俺にもな。

「江戸でのことではありません。ずっと遠くの、ずっと昔のことです。私は若気の至りで人を斬《き》ってしまった……。その時に、私の心は死んだ。それからは無為《むい》の日々だ。酒を飲み、飯を食い、さまよい、そして今、ここにいる。それが、私だ」

伊良は、銚釐をもう一度逆さに振ると、帰る、と言って小銭を飯台に置いた。

「用があるので失礼する」

「また飲みましょう」軍兵衛が言った。

「飲んでくれますか」

「昔、伊良さんに何があったかなんぞ、どうでもいいんです。今のあんたと一緒に飲めるのが楽しいんですよ」

「ありがとう」

伊良は、軍兵衛と主に頭を下げると、刀を手にして、酒場を出て行った。

「驚きました」伊良の箸と小鉢を下げに来た主が、戸口を見ながら言った。「初めてですよ、あんな御浪人さんは。いや、二度目かな……」

「前にもあったのかい？」

「いつだったか、ひどく酔っておられて、済まないと言って泣かれて」

「…………」

「源道寺《げんどうじ》流を汚した、とか何とか呟いておられましたが」

流派の名を、軍兵衛は心に刻んだ。源道寺流。聞いたこともなかった。

「誰かと来たことは、あるのかい？」

「いつもお独りで」主が答えた。

「不躾《ぶしつけ》なことを訊くが、持ち合わせは」

「お困りの様子はございませんが」

「そうかい」

旅の用心棒とは、そんなに実入りがよいものなのか、軍兵衛には分からなかったが、何か腑に落ちないものを感じ取っていた。それが気になった。調べれば、それが負い目となり、友をなくすことになるかもしれない。分かってはいたが、そうとしか生きられない己を知り抜いてもいた。

銚釐が来た。熱い。杯に注《つ》ぎ、唇を近付けた。肴を摘《つま》み、酒を飲む。主は鍋の火加減を見ている。

脚音がした。先程の犬なのだろうか。ひたひたと力無く歩いている。

酒場の隅にうずくまっていた冷気が、ゆるりと立ち上がり、背に被さってきた。

酒を呷った。ひどく酔いそうな気がした。

五

十一月十四日。

喰違御門《くいちがいごもん》を通り、西に下り、鮫ケ橋《さめがはし》坂の途中で、更に西に折れる。町屋に次いで寺社地が続く。龍谷寺《りゅうこくじ》通りに入る手前に、石積の塀が見える。そこが腰物《こしもの》奉行《ぶぎょう》配下の腰物方・妹尾周次郎景政《せのおしゅうじろうかげまさ》の屋敷だった。

腰物方は、将軍の佩刀《はいとう》など刀剣の管理をする御役目である。妹尾家の家禄《かろく》は二百六十石。周次郎がまだ家督《かとく》を継ぐずっと以前、互いが前髪を垂らしていた頃からの付き合いであった。

顔馴染《かおなじみ》の門番が知らせに走ろうとするのを止め、長屋門を潜る。

打水《うちみず》をされた板石が、朝の光を映して眩《まぶ》しい。

「こりゃ、八丁堀の旦那じゃござんせんか」

裏にある井戸から回って来たのだろう。水桶《みずおけ》と柄杓《ひしゃく》を持った中間《ちゅうげん》の源三《げんぞう》が、腰を折るようにして挨拶《あいさつ》をした。

この源三には、御用の手助けをしてもらったことがあった。

「どうだ？　《木菟入酒屋《ずくにゅうさかや》》には、行ってるのか」

木菟入は僧侶や坊主を罵《ののし》って言う言葉だが、煮売り酒屋が出来た頃の客筋が寺に出入りの者ばかりであったため、いつの間にかそのように呼ばれていた。

「先代の具合もよくなり、時々は厨《くりや》に顔を出すようになりやした」

五月に来た時の話では、先代の店主が卒中で倒れたということだった。

「よかったじゃねえか」

「お蔭で、また肴の味がちょいと落ちやしてね」

「結構ずくめだな」

「そうなんですよ」源三が、手柄話をするように相好《そうごう》を崩した。

軍兵衛は懐中から一朱金を取り出して、源三の掌に握らせた。源三が手を額《ひたい》のところまで持ち上げて、礼を言った。

「済まねえが、誰か呼んで来ちゃくれねえか」

源三が裏に回ると、待つ間もなく家人《けにん》が現われた。この男も、四十年来の顔馴染である。

「会う暇があるか、訊いてほしいのだが」

「ございます」

「訊きに行く暇はなかったはずだが」

「もうそろそろお見えになられる頃なので、数日前に伺《うかが》っておいたのです」

「参ったぜ」

軍兵衛は式台に上がると、刀を抜き取り、家人に預けた。家人は袱紗《ふくさ》で包むように受け、板廊下を先に立った。周次郎は、いつものように奥の間にいた。

「今日は何の用だ？　また誰ぞと立ち合うのか」

「多分立ち合わぬ」

「多分か」

「絶対といってもよいだろう。ただ知りたいのだ」

家人が軍兵衛の背後に刀を置いて、座敷を離れた。入れ替わりに侍女が茶を運んで来た。見たことのない侍女だった。行儀見習いに来ているのだろう。

「で、用は何だ？」

「源道寺流というのだが、知っているか」

「懐かしい名だな。今時源道寺の名を聞こうとは思わなかったぞ」

周次郎が天井を見上げた。思い出しているらしい。

「知っているとは、流石《さすが》は周次郎だな」

「興《おこ》りは豆州《ずしゅう》。確か、百姓や杣人《そまびと》相手に始まった流派だ。一時期江戸で道場を開いていたことがあった。覚えておらぬか。四ツ谷大木戸の手前に笹寺《ささでら》という寺があっただろう？」

「あった」背後には竹林が、庭には熊笹の繁《しげ》みが広がっている古刹《こさつ》だった。近くに、熊笹を炙《あぶ》って淹れた熊笹茶を売り物にしている茶店があった。

「その裏手に、道場がなかったか。矢鱈《やたら》、野猿のような奇声を発するので鳴らしていたんだが」

覚えがあった。その声を聞こうと、稽古を覗く者が後を絶たないという噂《うわさ》のあった道場だった。

「あれが、江戸で唯一の源道寺流の道場だ」

周次郎と違い、若い頃の軍兵衛は、他の流派のことなど気にも留めなかった。

軍兵衛は己《こ》の来し方に舌打ちしてから訊いた。

「確か、今はもうなかったと思うが」

「道場主が死に、誰が跡を継ぐかで揉めたのだ。三男の婿《むこ》入り先を探していた旗本が、金で跡継ぎになろうとしたり、道場主の遠縁に当たる者が、腕は立たぬのに待ったをかけたりして、大揉めに揉めておった」

「いつ頃のことだ？」

「そうよな、俺たちが二十五、六の時分かな」

その頃は、奉行所における様々な内役と外役の仕事を覚えなければならず、頭の上の蠅《はえ》を追うことだけで精一杯だった。

「どうなったのだ？」

「死んだ先代の子飼いの者がいてな。浪人の息であったが、若年ながら腕が立った。其奴《そやつ》が三男と遠縁のふたりを斬り殺して、江戸を売ってしまい、跡継ぎ話は立ち消えになり、そのままだ」

「若年の者だが、名とか歳とかは分からぬのか」

「名までは分からぬが、歳は二十前後だろうな」

「すると……」その者は、四十五、六になっているはずだった。年格好は、伊良と符合する。伊良なのだろうか。

「伊良、弥八郎という名に覚えは？」

「ないが。其奴が源道寺流を？」

「使うらしいのだ」軍兵衛が答えた。

「立ち合いそうだな。俺はそう思う」

「それはない」

「突き合うたことは？」

「ないが……」

「源道寺流と言えば、突きだ。突く。切っ先三寸（約九センチ）を相手の身体に沈め、息絶えたところで抜く。ところが、血が出ない。刺された傷口から、たらりとも血が流れ出て来ぬらしい」

「本当か」水で洗われた傷口が目に浮かんだ。血は出ず、ただぽっかりと口を空けている。

「俺も見た訳ではないが、秘剣《空舟《うつろぶね》》というのは、そのような剣であるようだな」

「知らなかった……」肌が粟立《あわだ》つ思いに、軍兵衛は言葉を呑み込んだ。

「立ち合わぬに越したことはないが、万が一にも立ち合うた時は、一撃で倒さぬ限り、死ぬのは、軍兵衛、其《そ》の方だぞ」

「脅かすな」

「ものは序でだ。《空舟》との勝負を考えてみろ」

「ここで、か」軍兵衛が、辺りを見回した。

「そうだ。その者が普段見せる身のこなしから、推《お》し量ってみろ」

「やってみよう……」

伊良との立ち回りを思い描いた。

刀を抜き放ち、正眼《せいがん》に構える。伊良が突きを入れて来る。躱《かわ》して、回り込もうとするが、引き腕が速く、回り込めない。容赦《ようしゃ》のない突きが、襲い掛かって来る。後ろに逃げたのでは、餌食《えじき》になるだけだ。横に飛んだ。飛んだところに、突きが入った。

「どうだ？」周次郎が茶を飲みながら言った。

「取られた。突きを躱すには、どのように動けばよいのだ？」

「後学のために、聞いておけ」

突きを得意とする者と横に並んで歩いている時は、居合だ。相手が右側にいる場合は、そのまま斬る。左側にいる場合は、一歩飛び退《の》いて斬る。刀を抜かせずに斬る。これだ。

面と向かって立ち合った時は、間合を詰めることだ。脇差で斬り合うつもりでいるとよいだろう。一の突きを躱せば、相手に二の突きはない。勝機はあるはずだ。

「いつもそのようなことを考えているのか」軍兵衛が訊いた。

「そうだが」

「俺より心が冷えちゃいねえか」

「聞くだけ聞いておいて、それはねえだろうが」周次郎が地を出した。

「役に立った。礼を言う」軍兵衛は頭を下げた。

「命があったら、また来るがよい。次の時は、その、何だ《木菟入酒屋》とやらに三人で行こうではないか」

「知っているのか」

「このところ源三め、お喋《しゃべ》りになりおってな」

「不味《まず》いらしいぞ。いや、今は娘婿の代になったので、ちっとは美味くなったらしいが」

「俺は不味いものは嫌いだぞ」周次郎が笑って言った。

「俺もだ」軍兵衛が答えた。

六

竹之介は空を見上げた。

この空の下に、蕗はいる。そう思うだけで、歩き疲れて重くなった足を、また踏み出すことが出来た。

昌平橋を渡った。八辻ケ原《やつじがはら》と名付けられている広小路に出た。八方に通じる道があることから、そのように呼ばれているのだった。

竹之介は、須田町から真っ直ぐ日本橋に向かわずに、連雀町《れんじゃくちょう》の雑踏《ざっとう》に紛《まぎ》れ込んだ。

ここではない、と思う一方で、もしかしたら、という思いも捨てられず、軒下に立ち止まっては行き交う人を見、お店の様子を窺った。

多町《たちょう》の二丁目を過ぎ、一丁目を通り、大工町《だいくちょう》を抜けようとした時だった。前から見覚えのある前髪姿の武家の子弟らが来るのに気付いた。蕗が、今は亡き母の煎《せん》じ薬を受け取りに白山権現《はくさんごんげん》前の医師の許に行くのを待ち伏せ、執拗《しつよう》にからかっていた連中だった。

竹之介が気付くのと同時に、連中も気付いたらしい。

六つの目が竹之介に注がれている。避けようがなかった。無視することに決め、竹之介は足を急がせた。

擦れ違い掛けて、額に黒子《ほくろ》のある大柄な男児が、

「誰か、探しているのか」

と訊いた。竹之介は足を止め、そうだ、と答えた。お供のふたりが、明らかに表情を動かして黒子を見た。

「もしかして黒鍬の娘か」黒子が言った。

「知っているのか」

「見たんだ」と、お供のひとりが言った。

「どこだ？　どこで見たのだ？　教えてくれ。頼む」

「教えて下さい、だろ」もうひとりが言った。

「教えて……」

「お前よお、それが……」最初の者が、肩を揺すって、下から竹之介の顔を覗き込んだ。

「止めろ」黒子が言った。黒子は道の中程に立つと、振り向いて指さした。「そ

の辻を右に曲がり……」

「ここなのか。この近くなのか」

「そう言っているだろう。黙って聞け。その辻を右に曲がり、ふたつ目の路地を左に入ると煮売り屋がある」

その煮売り屋の抜け裏に立つと、店の裏が丸見えになる。そこで、鍋を洗っていた、と黒子が言った。

「あの娘の父親が亡くなり、親戚《しんせき》に預けられたと聞いた。御成街道では、余りに健気《けなげ》で可愛かったので、ちょっかいを出してしまったが、詫《わ》びていたと伝えてくれ」

「分かった」

「お前にも詫びる。済まなかった」

「もう忘れた」

「そうか。私の名は、浅川萬三郎《あさかわまんざぶろう》。この馬鹿なふたりは」

と、供のふたりの背を押した。それぞれが名乗った。次いで竹之介も名乗った。

「屋敷の者から、行ってはいけないと言われているところは、矢鱈と詳しい。それがどんなところかは、想像に任せる。何か困ったことがあったら、前田家の下屋敷にいるので、声を掛けてくれ」

「ありがとう」

浅川らと別れ、教えられた道を急いだ。ふたつ目の路地を左に折れた。五軒目に、煮売り屋があった。江戸前で獲《と》れた小魚や貝の煮物が、大鉢に盛られて台に並んでいた。

店を通り過ぎ、抜け裏を覗いた。

店の裏が僅かに見えた。誰もいない。日差しの中に、洗い立ての鍋が干されていた。水を弾《はじ》いてきらきらと光っている。

笊《ざる》が溜まっているぜ。男の太い声がした。洗っちまってくれや。

「はい」

蕗の声だった。

水音に続いて、簓《ささら》を使う音が届いてきた。

竹之介は、抜け裏にそっと踏み込んだ。

浅川が言ったように、店裏が見渡せた。

蕗が、背を向けて笊を懸命に洗っていた。

襷《たすき》を掛け、白い腕を露《あらわ》にし、頬に掛かる後《おく》れ毛を時々気にしながら、せっせと手を動かしている。柄杓を取り、汲《く》み水を掬《すく》い、笊に掛けた。汚れが落ち、飴色《あめいろ》に染まっている竹の網目がきれいに浮いた。両の手に笊を持ち、さっと水を切った。細かな飛沫《しぶき》が宙に舞った。

にっこり笑って、日差しの中に立て掛けようとして、蕗の手が止まった。

「竹之介様……」

「探したぞ」

「どうして、ここが……？」

「教えてもらったのだ」

前田家の下屋敷の悪童のことを話した。

蕗の頬を涙が伝い、顎《あご》から落ちた。

「私だって懸命に探したのだぞ。一昨日も昨日も今日も、ずっと探し続けてようやくここに辿り着いたのだ」

竹之介の目からも涙が溢《あふ》れた。溢れるに任せて蕗に近付き、頬を叩いた。

蕗の目尻《めじり》から涙が横に飛んだ。

「心配したのだ」と竹之介が、蕗に言った。「何ゆえ、組屋敷に来なんだのだ？

あんなに言うたではないか」

蕗が袖《そで》に顔を埋《うず》め、しゃがみ込んだ。背が激しく波打っている。

竹之介も、口を開け、声に出して泣き始めた。

「どうしたんでえ、ぴいぴい泣きやがって？」

煮売り屋の亭主が裏に飛び出して来た。武家の子供と蕗が、泣いている。

「何だよ……」

亭主は二、三度行きつ戻りつした後、

「おっかあ」

店先にいる女房を呼びに駆け込んだ。

「何だよ、うるさいね。ここは御屋敷じゃないんだよ、そんな大きな声を出さなくても聞こえるよ」

店先からかみさんの声がした。

蕗が目を擦《こす》りながら、竹之介を見上げた。

竹之介も、しゃくり上げながら蕗を見詰めた。

煮売り屋が蕗に与えた部屋は、三畳程の物置だった。

商売道具が積み上げられた片隅に薄い夜具を敷き、包《くる》まって寝る。身体ひとつで江戸の町に出て来た者には、それでも夜露がしのげ、ご飯が食べられるだけで幸せだった。

竹之介が連れて帰ると申し出ると、夫婦は一瞬難色を示したが、北町奉行所臨時廻り同心の息だと名乗ると、態度が一変した。

竹之介は蕗に荷物を纏《まと》めるよう言った。江戸に出て来てからの心細さが手伝ったのか、竹之介の申し出を断わろうとはしなかった。唇を強く噛《か》んだまま頷いた。

畳まれた夜具の奥に木箱があり、両親の位牌《いはい》と竹之介の脇差がのせられていた。後は風呂敷に包まれた着替えがあるだけだった。蕗は風呂敷を解き、位牌と脇差を入れ、包み直した。

「行くぞ」

「………」

風呂敷を胸に抱えて、蕗が従っている。

竹之介は、煮売り屋夫婦に言った。

「後日、改めて挨拶に参るが、蕗が世話になった。礼を申し上げる」

煮売り屋を出た。

行き交う人が、擦れ違い、追い抜いて行く。

ふと不安になり、振り向くと、蕗がいた。

夢のようだった。

嬉しかった。

しかし、己には、まだ蕗を幸せにする力がないことは分かっていた。奉行所に初出仕するのは二年後だった。

「諏訪社近くで見掛けた者がいた」

振り向かずに、蕗に話し掛けた。

「あっ、お使いで行きました……」

「あの辺りにいるのだろうと思っていた」

「はい……」

「今日は、真崎様を訪ね、そなたが江戸にいるかを訊いた帰りだった」

「…………」

「まさかと思ったが、この辺りを探していたのだ」

よかった、と竹之介が言った。

蕗は大粒の涙を零《こぼ》しながら、竹之介の後に続いた。

竜閑橋《りゅうかんばし》を渡り、常盤橋御門の前を通り、一石橋《いちこくばし》を過ぎて東に折れた。

「取り敢《あ》えず、組屋敷に行くが、それでよいな」

「はい」

蔵屋敷を左に見、御高札場の横を通ると、青物市場が見えた。

「朝は、賑《にぎ》やかなのだ」

竹之介が言った。

「はい」と蕗が答えた。

「辛《つら》かったのか……」

蕗の足音が僅かに鈍った。

「安心しろ。父も母も、蕗が大好きだ」

「竹之介様は……？」蕗の足音が僅かに近付いた。

「……無論だ」竹之介は小声で答えた。

海賊橋《かいぞくばし》を渡り、九鬼式部少輔《くきしきぶしょうゆう》の上屋敷の脇を東に下ると、組屋敷だった。

「この御屋敷の節分は面白いぞ」と竹之介が、九鬼家の土塀を指さして蕗に言った。「普通は『福は内、鬼は外』と言うところを、『鬼は内、福は外』と言って豆を蒔《ま》くのだ」

「まあ」

「九鬼という名ゆえ、鬼を贔屓《ひいき》しておるのだ」

組屋敷の入り口に着いた。板屋根のついた木戸門は開いていた。

路地の両側に生け垣が走り、屋根のない木戸門が戸別に設けられている。

「ここだ」

と言って竹之介は足を止め、木戸門を押した。軋んだような音を立てて門が開いた。

「ただ今、戻りました」竹之介が玄関を開けながら、奥に向かって叫んだ。

「何をそんなに大きな声を、お鷹が目を……」

迎えに出て来た栄が、式台の上で棒立ちになった。

「蕗さん」

その声に驚いたのか、鷹が大きな泣き声を上げた。

第五章《絵師《えし》》

一

十一月十四日。

一石橋の南詰、西河岸町《にしがしちょう》の路地裏に、煮売り酒屋の《蜩屋《ひぐらしや》》がある。見付けたのは、神田八軒町の銀次の子分・義吉と忠太、そして霊岸島浜町の留松の子分・福次郎の三人だった。

三人で見付けたからと言って、大層な店構えをしている訳ではない。一石橋のあちら側から来たのとこちら側から来たのが、橋の上で出会《でくわ》し、寒い、飲もう、あんなところに、で見付けた煮売り酒屋だった。

「そこの淡雪《あわゆき》鍋ってのが絶品なんでございますよ」と義吉が言った。

「ちと濃いめの出汁《だし》が煮立って来たら、そこに大根卸《おろ》しをどさっと、どさっとでやすよ、入れやして、浅蜊《あさり》の剝《む》き身やらつくねやらをぶち込んで食べるんですが、これが美味《うま》い」忠太が両の頰《ほお》を押さえた。

「つくね煮と同じじゃねえか」銀次があっさりと言った。

「違うんだな、親分。つくね煮は、大根卸しで煮ますか。煮ないでしょ？　違うじゃねえですか」忠太が鬼の首を取ったように責め立てた。

「この野郎、飲む前から絡《から》みやがって」

忠太は首を竦《すく》めて逃げ出すと、路地の入り口で皆が来るのを待っている。

仙十郎に西ヶ谷勝次郎、そして親分の銀次に兄貴分の義吉の四つの影が、ようやく追い付いた。

「遅いなあ」

再び縄暖簾《なわのれん》まで先に走り、今度は縄暖簾を搔《か》き分けている。

「面白い人ですね」

西ヶ谷が笑った。

「お恥ずかしい限りでござんす」銀次が小さく頭《かぶり》を振った。

「私は好きですね。陰日向《かげひなた》のないところが素晴らしいですよ」

「伝えておきやしょう」

皆が着くと同時に、忠太が酒場の腰高障子《こしだかしょうじ》を開けた。真ん中に入り口と厨《くりや》を結ぶ土間が走り、その両側に入れ込みが設けられていた。入れ込みには、合わせて十二、三人の酔客が土鍋を囲んでいた。

人いきれと七厘《しちりん》の火と酒のにおいが、厚ぼったい塊《かたまり》となって五人を包んだ。

思わず眉《まゆ》を顰《ひそ》めた銀次が、二階を指さした。

「空いてるかい？」

忠太が訊《き》いた。

「大丈夫だそうで」

「よし、上がろうぜ」

銀次は土間を回り掛けて、留松の子分の福次郎が、座敷の隅で飲んでいるのに気付いた。

「どうした？　独りかい？」

声を掛けると、福次郎が照れたように首を竦めた。

「一緒に飲まねえかい。義吉も忠太もいるぜ」

福次郎は仙十郎と西ヶ谷がいるのを見て、よろしいんで、と訊いた。

「構わねえよお。淡雪鍋を食べに来ただけだからよ」

福次郎も加わった六人が、二階の奥でふたつ並べた七厘を囲んで車座になった。七厘の上には土鍋が置かれ、出汁が煮え立とうとしている。

「もういいんじゃねえか」仕出し屋を女房にやらせている銀次は、出汁が煮え繰り返る様など見たくもなかった。

「入れますよ。親分もせっかちな人ですね」「卸しを入れろや」

忠太がふたつの土鍋に大根卸しをたっぷりと入れているところに、女将《おかみ》が三合入りの銚釐《ちろり》を二本、盆にのせて持って来た。

女将は土鍋の中の大根卸しを見ると、

「あら」と声に出して言った。「まだ、早かったでしょ。煮立ってからの方がよろしかったのに」

「済みません。せっかちがいるもので」忠太が銚釐を取って、右と左に配った。

「今度は煮立って、卸しに蟹《かに》の穴が出来たら、皿のものを入れて下さいね」

皿には、浅蜊やつくねや軽く炙《あぶ》った白身魚の他、根深葱《ねぶかねぎ》などが盛られていた。

「承知しました。もうせっかちには口出しさせませんので」

「この野郎、いい気になりやがって」

「許してやっておくんなさい」義吉が膝頭《ひざがしら》を揃《そろ》えた。「捕物《とりもの》じゃ口答え出来ねえんですから」

銀次が、羽織《はおり》の裾《すそ》を払って、座り直した。

「あっ、親分、今すごく納得して許そうかな、と思ったでしょ？」

「うるせえ」

「いいっすね」福次郎が感に堪《た》えずに呟《つぶや》いた。

「どうした？」銀次が訊いた。

「俺は親分と、そんな口を利《き》いたことありやせん」

「当《あ》ったり前《めえ》だ」銀次は少しく誇らしげな顔をした。「ここまで話せるにはな、年月ってものが要《い》るのよ。手前《てめえ》はまだ子分になって一年も経《た》っちゃいねえじゃねえか」

銀次が諭《さと》すように言った。

「いいか、元は知らぬ他人だ。それが、縁あって親分子分になるのだから、どこかで繋《つな》がっているんだ。その細い糸を、毎日面《つら》突き合わせているうちに二本、三本と縒《よ》りを掛けて太くしていくのさ。そのために大事なことは、ただ一つ。何だか分かるか」

「………」福次郎が首を横に振った。

「忠太は、どうだ？」

「年月でがしょう」

「手前が俺の話を聞いていたのは、それで分かったが、それじゃあ、殺された者の側に血の付いた植木鋏《ばさみ》が落ちていたら植木屋の仕業《しわざ》だと決めつけるのと同じだぜ。違うのはねえのか」

「裏切らない」

「それもある」

「疑わない」

「数言やいいってもんじゃねえが、近付いた。裏切らない、疑わないを逆に言うと、何だ？」銀次が捲《まく》し立てた。「信じるってことだろうが。留松親分は千吉親分の下に十年近くいたんだ。十手《じって》持ちの機微《きび》は十分心得ていなさる。お前さんは、親分を信じていればいいんだ。そうすれば、自《おの》ずと心が通じ合うようになるって訳だ。そうでございやすよね、旦那《だんな》」

「うむ」と仙十郎が、頷《うなず》いた。「何事も、一足飛びにはいかぬものだ。私もな、今でこそ鷲津さんと口が利けるようになったが、去年まではほとんど口を利いたことがなかった。去年だぞ」

「焦るなってことだ」銀次が、福次郎の肩を叩《たた》いた。

福次郎は、黙って何度も頷いた。

「ほれ、煮立っちまうぜ」銀次が土鍋を覗《のぞ》いた。「箸《はし》を伸ばそうぜ」

浅蜊とつくねと大根卸しが瞬《また》く間《たま》になくなっていった。

「卸しを頼みますが、他のものは、どういたしましょうか？」義吉が仙十郎と銀次に訊いた。

「構わねえ。どんどん頼め」仙十郎が答えた。

忠太が階段口へと小走りになった。

「福次郎さん」と西ヶ谷が言った。「生まれは？」

「へい。霊岸島浜町近くの大川端町《おおかわばたちょう》でございやす」

「地元ですか」

「へい、それが何か」

「面白くないんだよ。地元ではな」と仙十郎が口を挟んだ。

「そのようなことは」西ヶ谷が、慌てて手を横に振った。

「吟味方《ぎんみかた》になりたいらしくてな、まあ根掘り葉掘り尋《たず》ねて来るんだ。これも縁だ。答えてやれ」仙十郎が、くったりと煮えた根深を受け皿に取りながら言った。

「福次郎さん方《かた》の家業ですが、何を？」西ヶ谷が、早速訊いて来た。

「親父《おやじ》ですか。大工をしておりやした」

「どうして継がなかったんですか」

「どうも毎日こつこつとやるのが、性に合わなくて……」

「それでね、賭場《とば》に出入りしてたって訳ですよ」と忠太が付け加えた。

「そうなんですか」

「賭場で知り合ったのと喧嘩《けんか》ばかりしておりやして、見兼ねた親父とお袋が『性根を叩き直してくれ』と親分のところに駆け込みやして……。それが子分になる切っ掛けでした」

「成程《なるほど》」と西ヶ谷が、酒を飲み込むと、

「駄目だな」と忠太が横から言った。「それじゃあ、ありきたりってもんでしょうが」

「そういう手前《てめえ》は、どうなんだ」銀次が訊いた。

「自慢出来るような育ちじゃあ……」忠太の威勢《いせい》が見る間に萎《な》えた。

「まあ、みんなそんなもんだ。小宮山の旦那は、お生まれもお育ちも、あっしらとは違う。お父上様と同じ道に進まれた訳っすから、言ってみれば、波風なしってところですかね」銀次が仙十郎に言った。「それにしても、洗《あら》い浚《ざら》いお話しなさっていたようですが」

「生まれてからこの方まで、聞かれたので皆話してしまった」仙十郎は苦く笑った。

「面白く拝聴しました」

「では、旦那の身性《みじょう》はすべてご存じで」義吉が西ヶ谷に訊いた。

「そうなりますね」

「いやいや、すべてという訳では」と仙十郎は、照れたような笑いを唇の端《はし》に刻んだ。「私にだって、人に言えないような恥ずかしい話というものがありますから」

そんな話は何もなかった。ただ、話したことが己のすべてだと思われるのが癪《しゃく》に障《さわ》ったので、言ったに過ぎなかった。

「それは？」西ヶ谷が身を乗り出した。

「言えませんよ。秘密ですからね」

「よいではありませんか」西ヶ谷が食い下がった。「ここまで心が通じ合ったのに、どうして話してはくれないのです？」

「年月が足りやせんよね、旦那」忠太が言った。

「それを埋めなければ、駿府と江戸の間に溝《みぞ》が出来ますぞ」西ヶ谷が、小さく拳《こぶし》で畳を打った。

「仕方のない人だな。何でも聞き出そうとする。それじゃあ、この次にでも」渋々、仙十郎が折れた。何か適当な話を見繕ってやるか。それで落ち着くだろう。

「ありがとうございます」西ヶ谷が笑った。

銀次が身軽に立って、障子窓を細く開けた。冷たい風が吹き込み、湯気が躍《おど》った。

二

十一月十五日。

朝五ツ（午前八時）。

　出仕《しゅっし》した軍兵衛が臨時廻《りんじまわ》り同心《どうしん》の詰所で茶を淹《い》れていると、宮脇信左衛門が、よろしいでしょうか、と言いながら返事を待たずに入って来た。

　取り敢《あ》えず、座るように言うと、宮脇は、軍兵衛の顔をしげしげと覗き込んで、

「ひどく、お疲れのようですが」と言った。

「何ゆえ疲れていると思った？」

「いつもなら、鷲津さんは直《す》ぐに茶を淹れることはありません。今日は、先《ま》ず身体《からだ》が、ほっとしたがっておられるようですね」

　信左衛門の目を誤魔化すことは出来なかった。全部見抜かれていた。

「図星《ずぼし》だが、まあ今は言わねえでおく。ゆんべ、いろいろあったんだ」

　宮脇は、何も言わなかった。軍兵衛は湯飲みを置くと、切り出した。

「そっちは、何か分かったのか」

「分かりましたが、いささか大変でした」

「礼は後で纏《まと》めて言う。分かったところを教えてくれ」

「佐平なる下《した》っ引《ぴき》が夜明け頃に見た老人ですが、守宮《やもり》の小助《こすけ》という盗賊でした」

「二つ名が守宮ってえことは？　どこかに張り付いているのか」

「ご明察の通りです」

小助は、盗みに入る大店《おおだな》の天井裏に数日忍び、金蔵の鍵《かぎ》の隠し場所や、まとまった金が入る日を調べることを持ち技にしていた。

「忍んでいる間、ほとんど飲まず食わずでいるらしいですね」

「どうして分かった？」

「五年前、市中を騒がせていた盗賊一味が御縄になりましたね」

「犬走《いぬばし》りの袖吉《そできち》だな、覚えてるぜ」

押し入ったお店の住人すべてを殺す凶賊だった。

「子分のひとりが責問いに堪《す》え兼ねて、盗賊仲間のことを洗い浚い話したのですが、その中に笹間渡の助けをした時の話がありまして、守宮の名が出ていたのです」

「よく見付けたな」

「本当ですよ。守宮の項《こう》目を設けるか、笹間渡の項目に入れておけばよいものを、犬走りを見なければ分からないような整理のされ方をしている。不愉快ですな」

「不愉快なのは分かった。他に何かなかったか」

「笹間渡の似絵《にせえ》が出て来ました」

「早く言わねえかい」

「と言われても、ものには順序があるではないですか」

「俺の知りたいことにも順序があるんだ。どこだ？」

「ここです」

懐《ふところ》からふたつに折った似絵を取り出した。

若い。笹間渡が、まだ三十代の頃に描かれた似絵だった。それから三十余年が経っている。

「これしかねえのか」

「あっただけでもめっけ物でしょう。これが、一体どこにあったと思います？」

信左衛門が手を箱の形に動かした。どうやら、関係のない事件《こと》の書き付けの山の中に挟まっていたと言いたいらしい。

「他には」構わずに、軍兵衛は訊いた。

「配下の者の名がひとり分かりました。金谷《かなや》の半助《はんすけ》」

「聞いたこと、ねえな」

「また仲間内には侍《さむらい》をひとり、腕が立つのを必ず抱えているそうです」

「名とかは分からねえのか」

「三十年前に仲間に加わっていた侍の名は分かっておりますが、残念ながら当代の侍の名は知れておりません。しかし、得意技のひとつに突きがあることだけ、はっきりしています」

軍兵衛の目が動いた。信左衛門を見詰めている。

「突きだと、どうして言えるんだ？」

「七年前に、逃げようとした船頭を殺した時の様子が、見ていた者によって生々しく語られてるのですが、振り向かせ、突き殺しています」

熱いものが、胃の腑《ふ》の辺《あた》りから込み上げてきた。

「その時、血が流れたか、流れなかったかは、記されていたか」

「いえ、何も……」

「分からぬのか」

「書かれておらぬことは、分かりかねます」

（まさか、あの……）

伊良の面影《おもかげ》が軍兵衛の脳裏《のうり》をよぎった。が、強く否定した。あれ程気持ちのよい人が、盗みに入った先で、人を殺すだろうか。

「突きの侍だが、生国は分かるか」

「さあ」

伊良は、どこの出なのだろう？　伊良に尋ねていないことを思い出した。

「今のところ、話せるのはそれだけです」

「助かったぜ」軍兵衛は、己のために淹れた茶を信左衛門に差し出した。「守宮の一件だけでも、調べを大きく進めることが出来る。落着したら、奢《おご》るぜ」

「食べものには、興味はございません」

「だったら何がほしい？　言ってくれ」

「古い書き付けを整理するために、もう一部屋ほしいのですが」

「そりゃ俺の権限《ちから》の外だ」

「そこを得意の押しの強さで島村様に掛け合って下さいよ」

年番方与力《ねんばんかたよりき》の島村にしても権限外のことだったが、内役の与力に強く意見することは出来た。

「駄目だ。今、島村様には頭が上がらねえんだ」

「差し支えなければ、お聞かせ願えますか」

「信左は、俺なんかより頭が冴《さ》えている。だから、多くは言わねえ。察してくれ。実はな、人質を取られているのよ」

前屈《まえかが》みになって小声で話す軍兵衛に合わせ、信左衛門も小声になった。

「よく分かりませんが、窮状は察するに余りあるようなので、一旦《いったん》は引きましょう」

「そうしてくれるか」軍兵衛が頭を下げた。

「その代わり、貸しですよ」

「しっかり借りておく。忘れねえ」

「では、また調べてみます。今、気になる問題を抱えておりましてね、もしかすると、鷲津さんを驚かす話になるかもしれませんよ」信左衛門が得意そうに鼻を蠢《うごめ》かした。

「楽しみにしてるぜ」

軍兵衛は、信左衛門が飲み残した茶を啜《すす》ると、刀を左手で摑《つか》み、詰所を飛び出した。

奉行所大門裏の控所にいた小網町の千吉と子分の佐平は、軍兵衛の姿を見て、雪駄《せった》を突っ掛けた。

「揃っていてくれたか」軍兵衛が言った。

「見張り所の方は動きがなさそうなので、新六に任せて来やした」

「それでいい」千吉に言い、佐平の名を呼んだ。「須田町まで案内しろ」

「須田町と仰《おっ》しゃいやすと、野郎どもが消えたところでございやすね」

「いいや。爺《じい》さんが出て来たところだ」軍兵衛が、打ち消した。

「早呑《の》み込みするんじゃねえ。間違いの始まりだ」千吉が言った。

「へい、心しやす」

「分かったら、先に立て」

佐平と千吉は潜《くぐ》り戸を擦《す》り抜けると、軍兵衛の前後に付いた。

「千吉、誰か口が固くて、天井裏を這《は》いずり回れる奴を知らねえか」

「どうして天井裏を？」

「後で、歩きながら話してやる。今は、知っているかいねえか教えてくれ」

「留松のところの福次郎がよろしゅうございやしょう。何と言っても、あいつは大工の倅《せがれ》でやすから」

「確か、控所にいたようだな？」軍兵衛が訊いた。

「おりやした。呼んで来やしょうか」千吉が言った。

「留松は加曾利に付いているんだ。断わらねばならねえ。一度引き返そう。それに」

「それに？」千吉が尋ねた。

「俺としたことが、慌てたので、龕灯《がんどう》を忘れて来ちまった」

龕灯は、強盗提灯《がんどうぢょうちん》とも書き、向きに合わせ、自在に回転する蠟燭《ろうそく》立てを付けた、銅や木で出来た提灯だった。

奉行所に戻り、軍兵衛が加曾利から福次郎を借り受けている間に、千吉が龕灯と蠟燭を調達し、揃って須田町に向かった。須田町の通りは、筋違御門や昌平橋《か》方向へ行こうと北に向かう者と、日本橋方向へ行こうと南に向かう者とが行き交い、人で溢《あふ》れていた。

「旦那に、見た通りのことを申し上げろ」

千吉に言われ、佐平は、亀太郎を追って、裏店《うらだな》の木戸から見た光景を話した。

「亀太郎がそこに立っておりまして」と五間（約九メートル）程先を指さし、次いで、「あの辺りから」と今度は向かいの大店の軒下《のきした》辺りを示して言った。

「爺さんが現われたのでございます」

向かいの大店は、合羽装束《かっぱしょうぞく》問屋の《越中屋《えっちゅうや》》だった。

「亀太郎が、どの辺りを見ていたか、分からねえか」

「生憎《あいにく》……」

佐平に見えていたのは、亀太郎の背中だった。

「仕方ねえ。《越中屋》から行くか」

「では」

「待て」

直ぐにも歩き出そうとした千吉を、軍兵衛が止めた。

「この人数で、店先に押し掛けたら大騒ぎになっちまう。ここは、千吉に任せるから、裏から入れるよう話を持っていってくれ」

「畏《かしこ》まりました」

軍兵衛らが、店脇の路地に向かうのを見ながら、千吉はお店に足を踏み入れた。

「これはこれは、親分さん、本日は何か？」

目敏《めざと》く腰の十手に気付いた番頭が、擦り足で近付いて来た。

「見回りだ。何か困っていることは、ねえかい？」

「ありがとう存じます。お蔭《かげ》様で、何も」

「そうかい。時に、大旦那は、おいでかい?」

「おりますが、何か」

「済まねえ。小網町の千吉が、ちょいと話があるからと伝えてくれねえか」

「何の御用で?」番頭が訊いた。

「お前さんには、用はねえんだよ」千吉が睨《にら》み付けた。

番頭は裾を乱して奥に消えると、間もなくして年のいった男をともなって表に現われた。

「手前が《越中屋》利七《りしち》でございますが、どのような御用でございましょう?」

年は七十に近いが、足腰に衰えはなく、肌にも張りがあった。

「お手間を取らせて申し訳ござんせん。あっしは小網町の千吉と申しやす。ちと内密に話がございまして」

利七は千吉の目を見てから、振り向いて番頭に言った。

「向こうに行ってなさい」

「でも、旦那様」

「こちらに」

利七は番頭には応《こた》えず、千吉を店奥にある内暖簾の中に誘い、ゆるりと言った。

「お話を伺《うかが》いましょうか」

《越中屋》の裏木戸が、千吉の手によって開けられた。

軍兵衛らが入ると、利七自《みずか》らの案内で、奥の間近くまで進んだ。

「親分さんから、大凡《おおよそ》の話は伺いました。どうか、存分にお調べ下さい」

「ありがとよ」

軍兵衛は軽く頭を下げると、皆に目で言った。始めるぞ。

奥の間に上がった。福次郎が、天井を見上げ、隅の羽目板を指さした。

佐平が片膝を折り、立てた膝頭の上で両手の指を組んだ。福次郎が佐平の肩につかまりながら、組んだ手に片足をのせた。と同時に、佐平の腰がすっと伸びた。反動でもう片足を佐平の肩に乗せたところを、千吉が脇から支えた。跳《は》ね上がった福次郎に、軍兵衛が龕灯を手渡した。

福次郎は羽目板をそっと押し上げると、ひょいと龕灯ごと上半身を差し込み、天井裏を見回した。そのまま暫《しばら》く、隅々まで照らした後、

「誰もおりません」

初めて口を開いた。

「よし、上がってみてくれ」軍兵衛が言った。

「へい」福次郎の姿が天井裏に消えた。梁《はり》の上を這いずり回っているのか、ごそごそと音がする。千吉は、音の真下に移っては、福次郎が発する言葉を一言たりとも聞き逃すまいと身構えている。

やがて、埃《ほこり》に塗《まみ》れた福次郎が、

「人がいた気配はまったくございやせんでした」

と言って、降りて来た。

「騒がせちまって済まなかったな。これも御役目なので許してくれ」軍兵衛が利七に言った。

「では、手前どもが狙《ねら》われている訳では？」

「ねえですよ。よろしゅうござんしたね」千吉が、笑顔をみせてやった。

「しかし」と軍兵衛が言った。「このことは誰にも言わないでくれねえか、調べが入ったと賊に知れると困るのでな」

「心得ております」

「俺たちは、もう二、三軒調べてから奉行所に戻る。お前さんも、突然のことで驚いたろうが、そろそろ気が落ち着いてきた頃だろう。ひょっとしたら、俺たちが役人のふりをした盗《ぬす》っ人《と》ではないかと疑い始めているんじゃねえか。そんな心配を解きほぐすには、奉行所に来るのが一番だ。夕方にでも、外出《そとで》ついでに寄ってみてくれ。安心出来るからよ。俺は、臨時廻り同心の鷲津軍兵衛。こいつは、小網町の千吉だ。玄関に当番方の者がいるから、俺の名を言ってくれ」

「ご丁寧にありがとうございます。承知いたしました」

「ただし、土産《みやげ》はなしだぜ。商人《あきんど》として手ぶらは気持ちよくねえかもしれねえが、御役目でしたことだ。受け取る訳にはいかねえ。また、供は奉行所の外で待たせておくようにな」

「何から何まで、恐れ入りました」

裏木戸から出て、左隣の足袋股引《たびももひき》問屋の《下野屋《しもつけや》》に向かった。亀太郎の背中の向きからすると、《越中屋》に次いで危ないのは、この《下野屋》だった。

「においやすね」

千吉が言った。

福次郎が足を止め、両の掌《てのひら》で着物を叩《はた》いた。埃が盛大に舞い上がった。

ずに調べに入れた。

《下野屋》の主《あるじ》・治郎兵衛《じろべえ》は、千吉とは旧知の間柄であったことから、手間取らずに調べに入れた。

「冗談じゃございません。誰かが潜んでいたなんてことがあって堪《たま》りますか」

治郎兵衛が強気でいられたのも、ほんの短い間のことだった。

「間違いございやせん。梁の上に人が潜んでいた跡が残っておりやした」

福次郎が鬢《びん》に掛かった蜘蛛《くも》の巣を払いながら言った。治郎兵衛の顔から見る間に血の気が引いた。青ざめている。

「また戻って来やすでしょうか」千吉が、治郎兵衛の代わりに訊いた。

「そのつもりでいた方がいいだろうな」

「どうしたら、よろしいのでしょう？」

治郎兵衛が、軍兵衛と千吉の顔を交互に見た。

「戻って来たとしても、それがどこの誰だかは分かっているから心配するな。佐平、お前は今夜からここに詰めてくれ」

「ここに、ですか」佐平が、奥の間を見回した。

「十手持ちでは逃げられちまうから、そうよな、博打《ばくち》に耽《ふけ》って勘当《かんどう》になった大店の若旦那が《下野屋》に居候《いそうろう》しているという筋はどうだ？　柄じゃねえか」千吉に訊いた。

「若旦那には見えやせんが、博打で身を持ち崩したところなんざ、地でいけるでしょうし、よしとしやすか」

軍兵衛が改めて治郎兵衛に訊いた。

「近々、大きな金が動くような予定は？」

「思い当たるようなことは、何もございませんが」

「言い辛《づら》いかもしれねえが、大雑把《おおざっぱ》な数字でいい、蔵にはどれくらいの金があるんだ？」

「凡《およ》そ、八百両程かと」

「それだけで十分ということなのでしょうか」千吉が、首を捻《ひね》った。

笹間渡が、七年振りに江戸の大店を狙うにしては、蔵の金が少なかった。

「まだあるだろう？」軍兵衛が言った。

「他に、でございますか」

「他に、だ」

「ないことは、ございませんが……」治郎兵衛が言い渋った。

「何があるんだ？」即座に軍兵衛が詰め寄った。

「無垢《むく》の、金で造った観音像がございます」

「そんなものがあるのかい？」

「初代が財を傾けて造ったもので、ここ何十年と蔵の奥に蔵《しま》ってありますが」

「それを知っているのは？」

「今では、手前ども夫婦と大番頭だけです」

「昔は？」

「皆、疾《と》うに辞めましたが、手前が幼い頃にいた者は、知っていたようでございます」

「その辺りかもしれねえな。誰かが漏《も》らしたのを聞き付けたんだろうよ」

「…………」

「とにかく、必ず守ってやるから、気をしっかりと持つんだぜ」軍兵衛が言った。「明日からは、若旦那《さへい》を通して渡りを付けるから、そのつもりでな」

「このことは」と千吉が、諭すように治郎兵衛に言った。「誰にも話しちゃなりませんよ。もしもお店の中に盗っ人と通じている者がいたら、あっしども町方《まちかた》が気付いたとばれちまいますからね」

千吉は、治郎兵衛を落ち着かせようと、更《さら》に続けて言った。

「旦那、難しく考えねえでおくんなさいよ。佐平を足袋問屋《安房屋》千吉の倅・佐吉《さきち》として後でお店に行かせやすので、奥の間の隣部屋を使わせ、調子を合わせる。これが、旦那にしていただくことのすべてでございやす。後のことは、細かなことまで佐平に言っておきますので、困った時は、奴をどこか裏に連れ出して相談して下されば何とかなります。奴はそれだけの腕を持っておりやすし、まだどこだとは言えやせんが、近くにあっしどももおりますんで……」

千吉が言いながら軍兵衛を見た。軍兵衛が目で応えた。

「決してお店が危うくなるようなことにはさせません。よろしゅうございやすね」

懸命に頷く治郎兵衛を残して、軍兵衛らは裏木戸から外に出た。

「間を空けねえ方がよさそうだな。あれでは、手が震えて湯飲みを取り落とすぞ」

天井裏で守宮に見られたら、直ぐに何かあったと気付かれてしまうだろう。

「あっしも、そのように思いやす」

「これで、佐平を若旦那に見えるよう仕立ててくれ」軍兵衛は、小粒を幾つか千吉に渡すと、表に回って向かいの大店に目を遣《や》った。

通りが広過ぎて、見張り所には適さない。脇道を挟んだ向こう隣の大店を見上げた。二階に明かり取りと風入れのための障子窓があった。そこからは、並んで建っている《下野屋》の様子がよく見えそうだった。

「傘問屋だったか」軍兵衛が訊いた。

「へい。下り傘問屋の《三松屋《みまつや》》でございやす」千吉が答えた。

「見張り所は決まったな、あそこだ」

《三松屋》に話を付けて、福次郎を残すと、奉行所に戻っていると言い置いて、軍兵衛はその場を後にした。

「先ずは古着屋だ。急ぐぞ」

千吉は、軍兵衛の後ろ姿を見送り、佐平を促して小走りになった。古着屋から髪結いに回り、お店者の町人髷《まげ》に結い直させ、早めに《下野屋》に詰めさせねばならない。ゆったりと歩いている暇はなかった。

奉行所《ぶぎょうしょ》に戻った軍兵衛は、例繰方《れいくりかた》同心の詰所に出向き、宮脇信左衛門に事の成り行きを告げてから、年番方与力の島村を訪ねた。

何やら書き物をしていた島村は、詰所の入り口に座した軍兵衛を横目で見たが、入れ、とも言わずに問うた。

「何か用かな？　急ぎでなければ、後にするように」

「笹間渡が狙っているお店が判明いたしました」

「どこだ？」島村が軍兵衛に身体を向けた。

「神田須田町にある足袋股引問屋の《下野屋》に相違ございません」

「入れ。もっと寄れ」島村は目の前の床を掌で叩いた。

「入ってもよろしいので」

「ぐずぐず言わずに、早《はよ》うせい」軍兵衛が座るのを待ち兼ねて、島村が訊いた。

「して、見張り所は？」

「下り傘問屋の二階に設けました」

「詳しく話すがよい」

佐平が見付け、宮脇信左が調べ出した守宮の小助の一件から、天井裏の探索までを、掻い摘《つま》んで話した。

「金が動かぬとすると、いつ狙うのか絞れぬな」

「それで困っております」

「押し入るまで、今少しの余裕はありそうか」

「さ、そこまでは」

江戸の実測図である『江戸大絵図』を引き寄せていた島村が、これはよい、と呟いて、絵図を軍兵衛の前に置いた。

「原田《はらだ》陸奥守様の御屋敷の間近ではないか」

八辻ケ原に面した一角に、下総国《しもうさ》関宿《せきやど》を領する原田家六万五千石の上屋敷があった。原田家からは、年二回奉行所宛に付届《つけとどけ》を頂戴《ちょうだい》していた。

「あそこなら呼子《よびこ》も聞こえる。捕方を控えさせておくには最適であろう」

そっちは、と島村が言った。任せておけ。

「よしなに」

軍兵衛は慇懃《いんぎん》に頭を下げた。

島村は文机《ふづくえ》に向き直り、しばらく硯《すずり》に置いた筆をまさぐっていたが、軽く咳払《せきばら》いをし、口を開いた。

「蕗のことだが」

「はい」

軍兵衛は神妙に答えた。

昨夜、組屋敷に戻ると、蕗がいた。

愕然《がくぜん》とした。

伯父《おじ》の家を飛び出し、江戸の市中で働いていたのを連れて来たのだ、と竹之介が誇らしげに話した。妻の栄は、さも当然とでも言いたげに、手早く蕗の寝床の仕度《したく》をしている。

ともかくも、昨夜一晩は蕗を泊め、栄と並んで寝かせることとし、明けて今朝《けさ》からは島村家に行儀見習いとして預ける段取りを付けた。盆暮れには御里帰りとして鷲津家に泊まれるが、それ以外は特別なことがない限り、島村家で暮らすことになった。せめてものけじめであった。

「昨晩は、いきなりで驚いたぞ」

「相済みませぬ。あれこれ考えたのですが、やはりここは島村様にお願いするのが一番と心得、お伺いした次第。突然のことにもかかわらず、お引き受け下さり、何と御礼を申し上げたらよいのか」

「そっくり同じことを昨晩聞いた」

「左様でした」

「其《そ》の方もよく分かっていると思うが、儂《わし》の家は其の方の家の子女一時預かり所ではないのだからな。余り便利に使わぬようにな。しかし、鷹がいなくなって寂しかったのであろう、奥は喜んでおったぞ。殺風景な庭に花が咲いたようで嬉《うれ》しい、とない、とな」

栄も、自らの娘を島村家に行儀見習いに出すような気になり、嫁《とつ》いで来た時の着物を箪笥《たんす》の奥から引っ張り出しては、蕗に羽織らせてみたり、朝はふたりで一番風呂に行き、髪を結い直すなど、大騒ぎであった。竹之介は鷹の面倒を押し付けられていたが、母が蕗の世話を何くれとなく焼いてくれるのが嬉しかったのだろう。上機嫌だった。

「やはり、家の中から若い女子《おなご》の声が聞こえるのはよいものだな」

島村恭介の嫡男も次男も妻帯しており、嫡男は同じ組屋敷内に住んでいた。だが、その妻女も娘もいたって穏やかな性質《たち》で、家が華やぐという風ではない。

「私、昨夜誓いました。蕗をお預かりいただく以上は、島村様の心胆《しんたん》を寒からしめる振舞いは控えようと」

「実《まこと》だな」

「いつまで続くかは、分かりませぬが」

「そういう男だ、其の方は」島村は呆《あき》れたように言い放つと、蕗の名を口にした。「いずれは竹之介と添わせるのか」

　なるようになる、としか軍兵衛は考えていなかった。その思いを島村に話した。

「分かりませぬ。今ふたりはそのような気持ちでいるようですが、年月が経てば心変わりするかもしれませんし、ふたりの気持ちに任せます」

　そうかもしれぬが、と言って島村が声を潜めた。

「父親が、殺しの請け人であったことを知っている者の数は少ない。そのことは、誰も言わぬであろうし、また父親は病死と届け出もしてある。露見《ろけん》することはないと思う。だが、完璧《かんぺき》な訳ではない。何か、よからぬ噂《うわさ》が流れた時は、いかがいたすつもりだ」

「考えたって仕方ありません。もし、それで世間から飛礫《つぶて》を浴びるようなことがあったら、同心なんて辞めればよいのです。何が己らにとって幸せなのかをよく考え、幸せになれる方へ進めばよいのではないでしょうか。先のことは、考えたって始まりません。風邪を引くかどうか分からぬのに、川で泳ぐなというようなものです。取り敢えず、今がよければ、それでよいのです」

「軍兵衛、其の方と儂は、やはり別の生き物のようだな」

「今頃分かったのですか、遅過ぎますぞ」

島村が、顔を上げて、ううっ、と唸《うな》った。

三

軍兵衛は、出先の順路と大凡の刻限、そして夕刻までに奉行所に戻る旨《むね》を認《したた》めた紙片を当番方に渡し、使っている手の者が居所を尋ねたら教えるよう頼んで、奉行所を出た。

尋ねて来なければよし。尋ねて来た時は、何かが起こった時だった。

新六は、天神の富五郎を見張るため、下谷長者町の裏店を見通す仕舞屋《しもたや》の二階にいる。

福次郎は、足袋股引問屋《下野屋》の隣に設けた下り傘問屋《三松屋》の二階隅にいる。

また、千吉と佐平は、古着屋から髪結いへと回っている頃だった。

取り敢えず、見張り所のふたりに兵糧を持って行かねばならなかった。腹を減らしていることは間違いなかった。

飢《う》えさせる訳にはいかない。身動きの取れぬ見張りの楽しみは、食べることだけだ。

そして、何よりも福次郎である。加曾利に預けた留松の子分を、いつまでも便利に使っていては申し訳が立たなかった。

（天神の見張り所を閉めるか）

閉めて、今は誰も張り付いていない亀太郎の塒《ねぐら》の《芳兵衛店》に新六を移し、《三松屋》の方は福次郎に代えて千吉を置く。

（一日だけ、それでやっている間に）

銀次に、助けを頼むか。

それしか方法はないように思えた。

軍兵衛は顔が利く料理屋に飛び込んで急いで弁当を作らせると、新六の許《もと》に走り、他の者の動きを話し、移動する先を教えた。

「済まねえな。天神を捨てて亀太郎一本に絞ることにした。一晩だけでいい、明《あき》樽《だる》に入ってくれるか」

「よろしゅうございやす」

弁当を使う箸を休めた新六が、旦那、あっしの目を信じて下さいやすか、と言った。

「どうしたんだ？」

「佐平の奴が見張った後で気付いたんでやすが、《芳兵衛店》に占い師の卜善《ぼくぜん》という野郎が住んでおりやす。一言で言うと悪《わる》でございやすが、一度地回《じまわ》りに絡まれているところを助けてやったことがございやす。驚いたことに、そいつの借店《かりだな》は、亀太郎の隣なんでございやす。使ってもよろしゅうございやしょうか」

「使えると見たんだな？」

「へい」新六が、箸を握ったままの拳を膝に置いている。

「言い切れる訳は？」

「あっしには借りがある、という目をしていやがるんです」

「目か。口で言った訳ではねえんだな？」

「駄目でしょうか」

「使ってみろ。お前の勘を信じよう」

「ありがとうございやす」

新六が、残りの弁当を掻き込んだ。卜善への手土産代と、何かの時のために一朱金を六枚渡した。

「一朝事が起こったら、銭で人を走らせるんだぞ」

その足で《三松屋》に回った。福次郎が、つまらなそうに隣家を見下ろしていた。

「ご苦労だったな。後は代わるから、弁当を使ってくれ」

茶を淹れる間も待てずに、箸を銜《くわ》え、重箱を開いている。

軍兵衛は、窓際に座って見張りながら、助けの礼を与え、伝言を頼んだ。

「もし神田八軒町の親分に出会ったら、夕刻奉行所に来るように言ってくれ」

「必ず伝えますでございやす」

福次郎は、腹を膨《ふく》らませると、銜え楊枝《ようじ》で走り去って行った。

程無くして千吉が、《三松屋》に現われた。

「無事、若旦那を送り込みやした」

奉行所に戻った軍兵衛が、どこに見張り所を置き、どこの見張り所を閉じたか、見張りに関《かか》わった者の名と住まいなど、細々と文書に書き綴《つづ》っていると、銀次が来ておりますが、と当番方が知らせに来た。銀次は、

「小宮山の旦那の許しは得ておりやす。気は回りやせんが、便利に使ってやって

おくんなさい」

と、義吉と忠太を押し出しながら言った。

「助かるぜ」

義吉を新六に付け、忠太を千吉の許へ送った。

「仙十郎にも礼を言いたいが、どこにいる？」

「追っ付け戻って来られるかと思いやすが、ちょいと一軒寄って来るところがあるとかで」

「駿府も一緒か」

「いいえ、西ヶ谷の旦那は、もう戻っておられます。何やらすっかり旦那のお供になっちまった気でおられるようですが」

付届を受けている店に相違なかった。何か揉《も》めごとの仲裁を頼まれているのだろう。

「よく」と軍兵衛が顔を顰《しか》めた。「あの煩《うるさ》いのに耐えられるな」

銀次は笑って誤魔化すと、出過ぎたことを伺いやすが、と言った。

「笹間渡の吉造は、もうお江戸に入っているのでしょうか」

「吉造のことは分からねえが、子分や用心棒どもは集まって来ているようだな」

「用心棒まで抱えておりやすんで？」

「偉く強《つえ》えのを抱えているという話だ。宮脇の調べではな」

銀次が控所に戻るのと擦れ違いに、合羽装束問屋の《越中屋》利七が現われた。軍兵衛の顔を見ると、丁寧に膝に手を当てて頭を下げた。

「俺に相違ないと分かったようだな」

「恐れ入りましてございます」

「よかったな、俺が偽者《にせもの》でなくて」

「一目見て、分かっておりました」

「では、なぜに参った？」

「外出のついでで、でございます」利七が、微《かす》かに笑みを見せた。

「お前さんの腹の据わり方が気に入った。以後、よろしくな」

「こちらこそ、よろしくお願いを申し上げます」

利七は、もう一度丁寧に頭を下げると、敷石を踏んで歩み去って行った。

「落ち着いたものでございますね」

側にいた当番方が、軽く吐息を漏らした。

「大店の主になるには、それなりの心構えが要るって訳だな」

島村から例繰方に回す文書と、自らの覚書用にと付けている日誌を書き終え、軍兵衛は奉行所を出た。一軒回ってから、《三松屋》に行かねばならなかった。見送ってくれた銀次に、仙十郎へは明日礼を言うから、と言い添えた。

例繰方同心・宮脇信左衛門は、山のように積み上げた文書を持って、廊下を詰所に急いでいた。

「大変ですね。お手伝いいたしましょうか」

廊下に出ていた西ヶ谷が申し出た。

「お頼み出来ますか」

「お任せ下さい。どちらまで?」

宮脇が書庫だと顎《あご》で指した。ふたりは縦列を組んで、書庫へと向かった。

「助かりました。ありがとうございました」

宮脇が文書を棚に片付け始めた。廊下で見ていた西ヶ谷が、入ってもいいかと訊いた。

「どうぞ、珍しいものはありませんが」

蔵の中を見回していた西ヶ谷が、各棚の支柱に泥人形が結わえ付けられているのに気付いた。泥人形は、様々な表情をした親指の頭程の大きさの人頭で、竹串の先に刺さっていた。

「これは、何です？」西ヶ谷が訊いた。

「単なる目印ですよ。深い意味はありません」宮脇は手を休めずに言った。「でも、可愛《かわい》いでしょう？」

「そうですか、私は余り……」

「好みではありませんか」

「まあ……」

「よく見て下さいよ。私は、この人形を十二の時に買ってもらったのですが、手放せないでいるのですよ」

西ヶ谷が顔を寄せて人形を見詰めている。

「このような人形を、見たことがありませんか」宮脇が訊いた。

「どこで、です？」

「そうですね、例えば宿場とか？」

「ありませんね」西ヶ谷は、つまらなそうに答えると、では、と言い残して、定《じょう》廻《まわ》りの詰所の方へ去って行った。

宮脇は忙しく動かしていた手を止め、書庫を出、廊下に立った。

己の手を見た。汗が滲《にじ》んでいる。腕を見た。鳥肌が立っている。間違いない。自らに言った。彼奴《あやつ》は偽者だ。

宮脇は臨時廻り同心の詰所に出向いた。

軍兵衛の姿はなかった。

「どこに？」

「知らねえ」

加曾利孫四郎が、茶を飲みながら言った。

「知らないでは困るのです」

「そう言われても、俺が困る」

「何が、困ったのだ？」島村恭介が、詰所を覗き込みながら訊いた。

「よいところへ」宮脇が、廊下を見渡すと囁《ささや》くような声で島村に言った。「《絵師》の正体が分かりました」

「何？」島村が宮脇を詰所に押し込みながら言った。「孫四郎が追っている芸州ではないのか」

「はい、違います」

「だったら、誰だって言うんだ?」加會利が詰め寄った。

「駿府です」

「駿府だあ?」加會利が、小声で吠《ほ》えた。

「西ヶ谷勝次郎です」

「《黐《もち》の木店》で殺されたふたりは、咽喉《のど》を掻っ斬《き》られていたんだぜ。《絵師》の手口じゃねえか」

「《絵師》と断定したのは誰です?」

西ヶ谷だった。加會利が、ぐっと詰まった。

「西ヶ谷は、ふたりの傷口を見て、咄嗟《とっさ》に芸州を《絵師》に仕立てたのです」

「待て」島村が言った。「落ち着け。詳しく話を聞こう。参れ」

島村は、ふたりを連れて年番方の詰所に移った。


「何を言っているのか分かっておるのだろうな」島村が、身を乗り出して言った。「間違いでは済まされぬぞ」

「私が間違えたことがございますか」

「ないが、これが最初かもしれぬではないか」島村が、膝許を指先で突いた。

「何ゆえ、偽者と断じたのか、思うたところを申せ」

「最初、不審を抱いたのは、駿府町奉行のことを御番所様と言ったことです。あれは、町屋の者の物言いでございます」

「しかし、我々も奉行所のことを、番所とか御番所と言う時があるぞ」加曾利が言った。

「そうです。そのために、もうひとつ踏ん切りが付かなかったのですが、今日このようなものを」と言って、宮脇が泥人形を懐から取り出した。「西ヶ谷の目に付くところに結わえておきましたが、これが何であるか、知りませんでした」

「何だ？　人形の頭か。言いたかねえが、俺も知らねえぞ」

「これは、江尻の宿外れで売られている《ごろべえさん》という魔除《まよ》けの人形でして、駿府の同心なら知らぬはずがないものでございます」

「江尻は駿府の隣宿だ。知らぬはずがないと、言い切れるのか」

「三十八年前の元文《げんぶん》二年（一七三七）に、江尻宿は駿府町奉行所の御支配となっております。同心の見回り域です」

「百歩譲って、あいつは怪《あや》しいとしよう。だが、それだけでは、《絵師》だとは言えぬぞ」

「話はここからなのです」宮脇が、瞳《ひとみ》を輝かせた。

「聞こう」島村が、腕組みをした。

「あの男が奉行所に現われる以前から、西ヶ谷であると見知っていた者がおりますか。いないでしょう。ただ、駿府からやって来たと自称する、それらしき男と言うに過ぎません。あの男はお喋《しゃべ》りでした。鷲津さんは、それゆえ避けていましたが、あの男の話は、耳で得た知識で話せることばかりでした。饒舌《じょうぜつ》に語り、相手が辟易《へきえき》するよう仕向ける。その手に、皆が乗せられてしまっていたのです」

「耳で得た、と申したが、それはひょっとして、本物の西ヶ谷からという意味か」島村が訊いた。

「と、私は思っております。駿府町奉行所にお問い合わせいただければ、即座に判明いたしましょうが、西ヶ谷殿という同心は確かにおられるはず。江戸に向かって出立されたのも事実でしょう」

「そうだ。駿府から前以《もっ》て願いの筋の書状が届いておる」

「ですから、どこかで、本物と偽者が入れ替わっているのです」

「何と」島村は、息を呑んだ。

「では、本物の西ヶ谷は？」加曾利が言った。

「恐らく殺されて、どこぞに埋められているのでしょう。西ヶ谷同心は、《絵師》捕縛《ほばく》のため駿府を出た。途上、ある男と道連れになった。《絵師》と気付かずに。気が合い、問われるままに、さまざまなことを話した。奉行所のこと、自らのこと、相手が面白がるので、ここまではと思いながら、更に話した。そして、聞き出すことは聞き出したからと殺され、入れ替わられた」

「では、訊くが、《絵師》ならば、何ゆえ奉行所の同心に化けて、ここに入り込んだのだ？　何か目的があるとでも言うつもりか」

加曾利の言葉に、三人が顔を見合わせた。

「小宮山さんは、今どこにいます？」宮脇が加曾利に訊いた。

「知らぬ」

「話を聞き、相手をしてやっていたのは、小宮山さんひとりだけです」

「直ぐ戻ります」

加曾利は島村に言い置いて詰所を出ると、定廻り同心の詰所を覗いた。西ヶ谷がいた。そのまま玄関を駆け抜け、大門裏の控所に飛び込み、銀次に声を掛けた。

「来い」

「へい」

「ちいっと訳ありで、裏から行く。何も言わずに付いて来い」

玄関脇を抜け、各同心詰所の裏庭を回り込み、作事小屋の手前にある出入り口から上がり、年番方の詰所に入った。

「親分に訊きたいのだが」と宮脇が言った。「小宮山さんと西ヶ谷さんは、気が合っているらしいですね」

「へい。そりゃもう、話も弾《はず》んでおられやした」

「どっちが話し手で、どっちが聞き手なのですか」

「最初は、西ヶ谷の旦那が一方的に話しておられましたが、このところは、あの西ヶ谷の旦那は聞き出すのが上手《うま》いもので、小宮山の旦那の方がよく話しておられやす」

「小さい時からのこと、とか」

「左様で」

「奴の狙いは」と宮脇が、島村と加曾利に自信たっぷりに言った。「小宮山さんですね」

「何が、あったんで？」銀次が皆の顔を見回した。

「話して上げますので、ちょっと待って下さい」宮脇は銀次を制すると、島村に言った。「幾つか調べていただきたいことがございます」

「何なりと申せ」

「西ヶ谷勝次郎の顔を知っている者を探さねばなりません。駿府に赴《おもむ》いていた江戸者のうち、城内と城外の警備の者は町方同心との付き合いはないと見て外します。そこで、奉行所の者ですが、四年前までの方々は、今京都町奉行所におられます。その前は九年前に在府していた方々になりますが、今は大坂町奉行所です。江戸市中に残っておられるのは、十四年前に駿府で勤められていた守谷石見守《もりやいわみのかみ》様の御家中のみ。その中に西ヶ谷のことを覚えている者がいるかどうか、調べて下さい」

「分かった」

島村が、棚から慌ただしく武鑑を取り出した。武鑑には、氏名、家譜《かふ》、職掌《しよくしよう》、家禄《かろく》、家紋などとともに拝領屋敷の場所まで詳しく記載されていた。

「お待ち下さい」宮脇が島村に言った。「今島村様にお頼みいたしたことは、押さえです。今日明日には間に合いません。もっと簡単に証《あかし》を得る方法がございます」

「何だ、儂は押さえか」島村が小声で言った。

「簡単な方法とは、何だ？」と加曾利が訊いた。

「今夜、小宮山さんの予定は？」宮脇が銀次に問うた。

「皆で飲もうということに……」

「皆とは？」

「小宮山の旦那と西ヶ谷の旦那とあっしでございやす。手の者も加わる予定でございやしたが、鷲津の旦那の助けに行っておりやすもので」

「何ゆえ訊くか、と言うとですね」

我らが西ヶ谷と思っている男こそ、実は《絵師》で、本物の西ヶ谷同心を殺害《せつがい》して、成り済ましている節があるのだ、と宮脇は銀次に明かした。

「《絵師》は、相手の話を聞き終えたところで殺すらしいが、ふたりの話はどの辺りまで進んでいるのです？」

「小宮山の旦那は、粗方《あらかた》話し終えていたのですが、まだ誰にも話していないことがあると仰しゃいやして、それを今夜話すとか」

「それを待っていやがったんだ」加曾利が握った拳で膝を打った。

「加曾利さん」

「おう、俺は何をすればいいんだ？」

「留松親分は、今どこに？」

「控所にいるが」気勢を殺《そ》がれた加曾利が、表を指さした。

「呼んで来て下さい。親分に、彼奴が《絵師》だという絶対的な証を探り出してもらいましょう。加曾利さんの出番は、その後です」

裏から表へと駆け出して行った加曾利を見送って、宮脇が言った。

「いやあ、面白くなりそうですねえ。流れもいいし、《絵師》の正体を暴《あば》いてご覧に入れますよ」

ひどく嬉しそうに掌を擦《こす》り合わせている宮脇に、島村が言った。

「信左、其の方、仙十郎を助けたいのか、己の考えが正しいと知らしめたいのか、いずれなのだ？」

「どっちなのでしょうか。私にも分からなくなっております」

「ちと尋ねるが、其の方、心を割って話せるような友はおるのか」

「おります、おります。鷲津さん、加曾利さん、ああ、島村様もそうです」

「儂もか」

「はい、私は幸せ者です」

島村は、返す言葉を探しあぐね、宮脇の顔を見詰めるしかなかった。

「待たせたな」加曾利が、留松と福次郎を連れて戻って来た。

「頼みがあります」と宮脇が、留松をぐいと見詰めて言った。軍兵衛にそっくりな仕種《しぐさ》だった。

島村は膝の上で武鑑を繰った。守谷石見守の項は、直ぐに見付かった。

四

長浜町の《瓢酒屋》の側に、軍兵衛はいた。

腰高障子が、淡い灯《ひ》を含んで、浮いて見えた。

足音を忍ばせ、いつも伊良弥八郎が腰を掛ける辺りの板壁に耳を寄せた。

微かに人の気配が伝わって来た。ひとり。そして、もうひとり、いた。

(誰だ……)

いつも独りの者が連れをともなっている。

伊良が笹間渡の一味だとすると、ともに酒を飲むのは、限られた者であるはずだった。

直ぐにも、中に入りたかったが、今夜は目的があった。

伊良の腕試しをすることだった。

（やってみるか）

その後で入っても遅くはあるまい。

軍兵衛は、数歩下がってから、再び近付くと、腰を割り、刀の鯉口《こいぐち》を切って、殺気を漲《みなぎ》らせた。

即座に、板壁を隔《へだ》てた内側から、殺気が膨れ上がった。

軍兵衛が一間（約一・八メートル）程飛び退《の》くのと、板壁から切っ先が突き出して来るのが同時だった。

切っ先は、辺りの気配を探っているかのように、冷たい光を湛《たた》えていたが、間もなく、すっと板壁の中に消えた。

軍兵衛は物陰に隠れ、《瓢酒屋》の戸口を見詰めた。

やがて、刀を左手に提げた伊良が戸を開け、通りを見回し、何事か奥に呟いて、戸を閉めた。

軍兵衛は、界隈《かいわい》を一周してから、気取られぬよう心を無にして《瓢酒屋》を訪ねた。

伊良は、髪の半《なか》ばを白くした老人と酒を飲んでいた。

宮脇信左衛門が見付け出してきた、若い時分の笹間渡の似絵と老人とを頭の中で比べてみたが、似ているのか似ていないのか、分からなかった。

「今日は見えないのかと思いましたよ」

屈託《くったく》のない声で、伊良が言った。

「どうも便利に使われておりまして」

離れた明樽に腰を掛けようとしている軍兵衛を、伊良が呼び止めた。

「よろしいでしょうか」

隣の老人に訊いている。老人が、鷹揚《おうよう》に首肯してみせた。

「一緒に飲みましょう」

軍兵衛は、銚釐の熱いのを一本と、肴《さかな》を頼み、ふたりの向かいに座った。

老人は、若狭《わかさ》の商人《小浜屋《おばまや》》得兵衛《とくべえ》だと名乗った。

「旅の用心棒に、伊良さんの腕前をお借りする心算なのでございますよ」

「それでは、旅に？」

「芝浦《しばうら》の浜に千鳥が来る前には発《た》つつもりです」伊良が、杯を空けた。

「冬に向かう旅は大変ですな」

「いつだって冬の旅のようなものですよ」伊良が、目を真っ直ぐ軍兵衛に向けて言った。

来たばかりの熱燗《あつかん》で、軍兵衛は伊良と利兵衛の杯を満たした。

「《小浜屋》さんとは、もう旧《ふる》いお付き合いなのですか」

「何年か前に一度旅をしたことがございました」

得兵衛が、小鉢の中の貝柱を摘んだ。

「その時の旅が気持ちよかったもので、またお願いをした次第で」

「すると、伊良さんが《小浜屋》さんの宿を訪ねたとか」

「まあ……」伊良が口籠《くちご》もった。

いや、申し訳ない。つい、いつもの調子で訊いてしまった。許されい。軍兵衛が謝っているところに、煮抜き豆腐が来た。

鰹《かつお》出汁で、一日煮込んだ豆腐だった。

「箸をつけて下さい」

一口摘んだ得兵衛が、思わず伊良を見て、いけますよ、と言った。

「美味いものですね」

「でしょう?」軍兵衛は主に、もうふたつと注文し、いいなあ、と溜《た》め息を吐《つ》いてみせた。「一剣を頼りに旅か……」

流派は？　軍兵衛が訊いた。

「……ご存じないでしょうが、源道寺流といいます」

「知っていますよ」

軍兵衛が猿のような叫び声を発した。

「まだ私が十代の頃でしたが、あの奇声を聴きに四ツ谷の大木戸まで行ったことがありました。笹寺の裏に道場があったでしょう？」

「よくご存じで……」伊良が戸惑いながら、酒を飲み干した。

「あそこに？」

「少しの間ですが」伊良は答えると、剣を握る真似《まね》をした。「鷲津さんは、相当遣られるようですね。道場を見に来るとは、熱心なものです」

「違うんですよ」

その頃の私は、剣よりも白粉《おしろい》の方でして、と内藤新宿の女郎《じょろう》屋の名を四軒ばかり挙げた。

「参りましたね。愉快な御方だ」声を立てて笑っていた得兵衛らに、熱々の煮抜き豆腐が来た。

「これを食べたら、そろそろ？」と伊良が得兵衛に訊いた。

「そうですね。遅くなると明日が辛いですからね」

「もう帰られるのですか」

「はい。明日、出掛ける用がございますので」

間もなくして、ふたりは《瓢酒屋》を後にした。

軍兵衛は酒を飲み、豆腐を摘み、十分な間合を取ってから、板壁に目を遣った。

剣で突いた跡は、直ぐに分かった。

ささくれひとつない、きれいな跡だった。

「気合も掛けませんでしたし、音もしませんでした。気付いた時には、刺してました」

と主が、訊きもしないのに言った。

西ヶ谷勝次郎に貸し与えられた屋敷は、組屋敷の中程にある道場の近くにあった。

道場は、剣術の他、捕縛術や体術の稽古《けいこ》に使われており、稽古をしたい者が各自申し合わせて行なうようになっていた。

この夜は、稽古に来る者がなく、真っ暗であった。辺りに人影はない。

「ありがてえ」

留松は呟くと、木戸を押し開け、西ヶ谷の使っている屋敷の玄関口に立った。

「誰か来るといけねえ。よく見張っていろよ」

福次郎に言い、自身は千枚通しを取り出して、竪猿《たてざる》のある場所を探した。

板戸の下の隙間《すきま》に千枚通しを走らせて当たりを付け、竪猿を落としてある穴を探すのである。戸は、竪猿を持ち上げれば開いた。

「よっしゃ」

ふたりは玄関に入ると板戸を閉め、龕灯に火を点《つ》けた。

雪駄を脱いで、用心のため懐にしまうと、座敷に上がり、奥へ進んだ。襖《ふすま》が中途半端に開いていた。手を伸ばし掛けた福次郎に、留松が言った。

「開け閉めはするな。何も動かすんじゃねえぞ」

八畳間を寝起きに使っているらしい。夜具が敷かれたままになっている。

「この座敷のどこかにある。探せ」

手分けして、長押《なげし》の中まで探したが、どこにもなかった。

「他の部屋も探そう」

厨も見た。土鍋の蓋《ふた》を開け、水瓶《みずがめ》を覗き、箱膳《はこぜん》の中も見たが、なかった。厠《かわや》にもなかった。

「親分、ありやせんぜ」

「あるはずなんだ。ねえはずがねえんだ」

「なかったら、どうしやす？」

「そんなこと、知るか」留松が荒っぽい言葉を吐いた。

「ねえ、親分」

「宮脇の旦那の面目《めんもく》が潰《つぶ》れ、俺が顔向け出来なくなるだけだ。手前《てめえ》は心配すんな」

「そんな……」

凝《じ》っと考えながら、座敷を見回していた留松が、福次郎に訊いた。

「おい、俺たちが探さなかったところはどこだ？」

「玄関は見ました」

「見た。落ちはねえ」

「式台を上がって、座敷に入りました。探してない、というより触っていないのは、襖だけで……」

　ふたりの目が合った。

「照らしてみろ」

　龕灯を横から照らさせ、留松は二枚重なった襖の隙間を覗き込んだ。白い紙が、何枚か挟まっていた。

「どうです、親分？」

「あったみてえだぞ」

　留松は襖の端に十手を置いて目印にすると、そっと襖を引いた。人の顔を描いた十余枚の紙が現われた。

　留松が手に取った。

「旦那の顔ですね」福次郎が言った。

「これが証よ。もう逃げられねえぜ」

　留松は一枚を懐に収めると、残りを襖に挟み、襖を十手を置いた位置まで戻した。

「さ、旦那方のところまで走らねばならねえ。急ごうか」

　雪駄を取り出して履《は》き、竪猿を落とす。木戸を抜け、組屋敷を出た。

小宮山仙十郎と加曾利孫四郎に西ヶ谷勝次郎らが飲んでいるのは、江戸橋北詰にある本船町《ほんふなちょう》の煮売り酒屋だった。

駆け込み、大当たりでございやす、と言って加曾利を外に連れ出すまでが、留松の役目だった。その一言で、仙十郎にも銀次にも、西ヶ谷が《絵師》だと伝わることになっていた。

零《こぼ》れ落ちそうになる笑みを懸命に堪えながら走り、煮売り酒屋に着いた留松と福次郎は、勢いよく引き戸を開け、店の中を見回した。

加曾利が手を上げている。

「どうだった？」

「旦那、大当たりでございやす」留松が言った。

「そうか」

「お出《い》でいただきてえんで」

加曾利は渋面を作りながら、誰にともなく言った。

「済まねえな。ちいと深川まで出張らにゃならなくなっちまった」

「気を付けて下さい」西ヶ谷が嬉しそうな顔をして言った。

「ありがとよ。皆もな」

銀次が生真面目《きまじめ》な顔をして頷いた。

煮売り酒屋には、仙十郎と西ヶ谷と銀次が残された。

「私たちもお開きにいたしますか」

仙十郎が紙入れを銀次に渡した。銀次が帳場に行き、勘定を済ませている。

「小宮山さんは、これからどうなさいます？」西ヶ谷が訊いた。

「組屋敷に戻るつもりですが」

「終《つい》に、話して下さいませんでしたね」と西ヶ谷が、恨《うら》めしげに言った。「まだ誰にも話していない秘密を」

「いや、西ヶ谷さんに隠すつもりはありません。帰り道で話して差し上げましょう」

「そうですか、楽しみですね」

銀次が戻って来て、先に立ち、腰高障子を開けた。冷たい風が酔いをまとめて運び去って行った。

西ヶ谷が首を竦めている。

「こんな時に」と仙十郎が銀次に言った。「済まないが、義吉と忠太に何か差し入れてやってくれねえか」

「よろしゅうございやす。まだ開いているところがありますので、何か温かいものを持って行ってやりやしょう」

仙十郎は、小粒を銀次に握らせると、俺は、と言った。

「西ヶ谷さんを送って行く」

「もう道は分かってますよね、西ヶ谷の旦那」銀次が、笑いながら言った。

「小宮山さんと一緒なら心強いですので」西ヶ谷が照れてみせた。

「では、あっしは」銀次が、つむじ風のように闇《やみ》の中に走り込んで行った。

江戸橋を渡った。幕府の魚御買上所である活鯛《いけだい》屋敷の黒い影が、闇の底に沈んでいた。

「それで」と西ヶ谷が、待ち切れずに訊いた。「秘密って何なんです?」

「誰にも言わないで下さいよ」

「それはもう、ここだけの話ということで」

仙十郎は、海賊橋の袂《たもと》で足を止めると、

「私は」と言った。「武士では、ないのですよ」

西ヶ谷は暫《しば》しの間仙十郎を睨み付けていたが、やがて口を開いた。

「御家人株を、買われたのですか」

「いや、買わねえよ」口調が伝法《でんぽう》になった。

「分かりません。それでは、どうやって？」西ヶ谷が訊いた。

「成り済ましているのよ、侍に」

「………………」

西ヶ谷が、仙十郎の背後に回り込みながら、懐に手を入れた。

「……驚きました」

「何も驚くことはねえだろ。手前《てめえ》と同じなんだからよ」

西ヶ谷は懐に手を入れたまま、しらばくれてみせた。

「私が？　何を言われるのですか。これという証でもあるのですか。あったら見せて下さい」

「と言っているが、どうする？」

仙十郎が四囲《しい》の闇に訊いた。

「往生際の悪い男でございやすね」留松が闇の中から出て来た。「組屋敷で見付けたぜ。手前が描いた、旦那の似絵をね」

こんなのが、まだたくさんありやした、と福次郎が叫んだ。

「どうして、ここに？　深川に行ったはずでは」

「俺たちは、手前が正体を現わすのを、こんな吹きっ曝《さら》しの中で待っていてやったんだ」加曾利孫四郎だった。

「礼のひとつも言ったらどうだ？」銀次もいた。

「畜生《ちくしょう》、もう少しで喉笛《のどぶえ》を掻っ斬ってやれたのに」《絵師》が剃刀を取り出して、構えた。

「本物の西ヶ谷さんをどうした？」

《絵師》は、引き攣《つ》ったように笑うと、闇雲《やみくも》に剃刀を振り回し、仙十郎に斬り付けようとした。その腕に、首に、銀次と留松と福次郎の投げた捕縄《とりなわ》が絡んだ。

「答えぬか」加曾利が怒鳴《どな》った。

捕縄を握り、荒っぽく揺すった。《絵師》の首がぐらぐらと揺れた。

「殺してやった。後ろから飛び付いて……。呆気《あっけ》なかったぜ」

「何ゆえ、同心に成り済まそうなどと思うたのだ？」仙十郎が訊いた。

「手前のような人の好《よ》い同心を殺してやろうと思ったのよ」

首に絡んだ二本の縄が左右に引かれ、顔が歪《ゆが》んで見えた。《絵師》の口が斜めに開いた。

「駿府の同心に気付かれなかったので、八丁堀だって騙《だま》せるかと思ったんだが、やっぱりばれちまった。仕方ねえや。年貢の納め時だあな」

《絵師》が、己の咽喉を斬り裂こうと、剃刀を持った手に力を込めた。

「死なせぬ」

素早く踏み込んだ仙十郎の剣が、剃刀を握った手首を斬り落とした。血が黒く噴き上がり、霧となって流れた。

「手前なんぞ、楽に死なせて堪《たま》るか」

飛びかかった銀次と留松が、自害出来ぬよう捕縄で猿轡《さるぐつわ》を嚙《か》ませると、腕を捩《ね》じ上げて血止めをしてから、縛った。

「こっちはいい」と留松が福次郎に言った。「手首を拾《ひろ》っとけ」

福次郎が手首と剃刀を手拭《てぬぐい》に包み、ぶら下げた。

「まるで、お土産《みやげ》だな」

加曾利が言った。

第六章　笹間渡《ささまど》の吉造《きちぞう》

一

十一月十五日。

夜四ツ（午後十時）の鐘《かね》が鳴って、半刻《はんとき》（一時間）が経《た》つ。

小網町の千吉は、下り傘問屋《三松屋》の二階隅に設けた見張り所から、人の往来の絶えた通りを見下ろしていた。

細めに開けた障子《しょうじ》窓に顔を寄せ、褞袍《どてら》から首だけ出した格好で、既に一刻《いっこく》（二時間）以上になる。

若い時は、半刻も経たずに足が痺《しび》れたものだった。それが今では一刻くらいなら痺れなど感じなくなっている。慣れだった。

下《した》っ引《ぴき》の頃から数えると、どれだけ見張りの場数を踏んだのか。掌《てのひら》を、甲を見た。年齢《とし》相応の皺《しわ》が寄っていた。

「茶でも淹《い》れやしょうか」

つい先程まで寝息を立てていた、神田八軒町の銀次の子分・忠太が起き上がり、火鉢の埋《うず》み火《び》を熾《おこ》している。

灯《とも》った明かりが漏《も》れぬよう火鉢を身体《からだ》で囲み、鉄瓶《びん》を五徳《ごとく》に置いた。

「直《じき》に沸きやすんで」

「急ぐこたあねえよ。ゆっくりやってくれ」千吉が心遣いをみせた。「眠いだろうに、済まねえな」

「とんでもねえことでございやす。それよりも、鼾《いびき》をかかなかったでしょうか」

「いいや。かくのかい？」千吉が訊《き》いた。

「へい」忠太が首を竦《すく》めた。「それで、いつも親分に叱《しか》られるんで。気合が入っていねえって」

鉄瓶の底が小さな音を立て始めた。静かな座敷に響いた。間《ま》もなくして急須に湯が注がれた。

「お待っとさんでございやした」

手許《てもと》に湯飲みが置かれた。茶托《ちゃたく》にのった湯飲みから、湯気が盛大に立ち上っている。

「ありがとよ」

茶の量は、湯飲みに半分と控えめだった。暖かいからと、眠気覚ましになるからと、茶をがぶ飲みしないようにするためである。見張り所に詰めた最初に教わることだった。

「まだ交替までには間があるんだ。寝てくれや」

「それでは――」

忠太は熾火《おきび》に灰を被《かぶ》せると、敷布団《しきぶとん》の縁《ふち》を持ってくるりと身体を包んだ。柏餅《かしわもち》という寝方だった。

千吉は茶を口に含み、通りに目を遣《や》った。月明かりに照らし出された通りは、水を打ったように物音ひとつしない。

熱い茶が咽喉《のど》を滑り落ちていった。俄《にわか》に背筋に寒気が走った。

いけねえ、気が緩んじまったか……。

自《みずか》らに悪態を吐《つ》こうとして、寝息にしてはうるさ過ぎる音に眉《まゆ》をしかめた。忠太の鼾だった。

おい、手前《てめえ》、気合が足りねえぞ、と咽喉まで出し掛けて飲み込んだ。己の手下ではない。借りものだった。

夜九ツ（午前零時）の鐘が鳴った。

三十六見附《みつけ》の御門が閉まってから三刻（六時間）、小扉が閉まる刻限だった。

小扉は二刻半（五時間）後の七ツ半（午前五時）に開き、次いで明け六ツ（午前六時）に御門の大扉が開く。明け六ツには、御門だけでなく、町木戸も、長屋の木戸も開く。

それまでに、まだ三刻あった。

長い夜になるのだ、と新六は思った。

小柳町の棟割《むねわり》長屋《芳兵衛店》に住む船虫の亀太郎の借店《かりだな》を見張るため、占い師・卜善の借店を見張り所に借り受けていた。卜善の借店は、亀太郎の借店の隣である。

八丁堀に恩を売っておけば、必ず何かの時に見返りがあるってもんだぜ。

悪党の卜善にとっては、それだけで十分だった。後は毎晩宛《あて》がわれる安酒と摘《つま》みで、無駄口を叩《たた》く間もなく眠らされていた。

亀太郎は飯を食うか、酒を飲むかする以外は出掛ける風もなく、毎日を長屋に引き籠《こ》もって過ごしていた。

新六と助《す》けの義吉は、交替で壁に耳を押し当てては、首を横に振り合い、溜《た》め息を吐いた。

「動かねえな」と義吉が言った。

「なあに、必ず動きやす」新六が答えた。

「信じていいんだな」

「勿論《もちろん》だともよ」

義吉は頷《うなず》くと、青菜の古漬けを口中に放《ほう》り込み、壁にそっと凭《もた》れ掛かった。

夜八ツ（午前二時）に、交替しなければならない。

新六は、敷布団に包《くる》まり、無理矢理目を閉じた。

遠くで材木の倒れるような音がした。犬が吠《ほ》えている。

（そういえば……）

と思った。このところ半鐘の音を聞いていなかった。

（ありがてえよ）

口の中で呟《つぶや》いているうちに、泥沼に引き摺《ず》り込まれるように眠りに落ちた。

六ツ半（午前七時）を回った頃合だった。

階段を上って来る足音がした。

足音は廊下を伝い、見張り所の一室に近付いて来た。

千吉は、脂の浮いた顔を襖《ふすま》に向けた。

「ご苦労だな。変わりはねえかい？」軍兵衛だった。手に重箱を提げている。

「見張りを代わるぜ。休んで食べてくれ」

重箱には、握り飯の他、卵焼きと蒲鉾《かまぼこ》と漬物が入っていた。

「湯を沸かしてくれねえか」

忠太に言いながら、袋から最中《もなか》を取り出した。

「《三河屋《みかわや》》の味噌汁《みそしる》だ」

湯を注《さ》すだけで飲める味噌汁だった。月初めに売り出されて評判になっていた。

麩《ふ》で出来た最中の中に、出汁《だし》で練《ね》った味噌を天日干しにして粉に挽《ひ》いたものが入っており、椀《わん》に入れ、湯を掛ければ味噌汁が出来上がった。

「お初ですよ」と千吉が言った。

「あっしもです」と忠太が、椀を覗《のぞ》き込んだ。

「これに、湯で戻した糒《ほしいい》を落とすと、味噌雑炊になるんだそうだ」

「なりますよ」忠太が、嬉《うれ》しそうな声を出した。

「まあ、ゆったりと食ってくれ」

「旦那《だんな》は？」

「悪いが、先に食って来た」

「では、いただきます」千吉が箸《はし》を取った。忠太が続いた。

「そろそろ動いてもいい頃じゃねえかな」障子窓の隙間《すきま》から通りを見下ろしながら、軍兵衛が言った。

「あっしも、そんな気がしてなりやせん」

千吉が汁を啜《すす》りながら言った。味噌汁の香が強く立った。

「昨夜、芸州が捕まったそうだ」

北本所番場町の裏店《うらだな》で、中間《ちゆうげん》の惣助どもを殺した男だ。

「金の縺《もつ》れとかもあったようだが、殺しの原因《もと》となったのは鼾だそうだ」

「鼾、ですかい？」千吉が忠太を見た。

「言い争いでいらいらしているところに大鼾で、かっとしてやっちまったんだとよ」

　忠太の口が、握り飯を銜《くわ》えたまま、動きを止めていた。

「鼾で咽喉を斬《き》り裂かれたのでは、合わねえな」

「旦那、そうとも言えませんぜ。殺したくなるのも無理ありやせんや」

「親分……」

　忠太が困ったように顔を歪《ゆが》ませた。

「どうした？」

　軍兵衛が忠太に訊いた。

　千吉の背が小刻みに揺れた。笑っているらしい。

二

　十一月十六日。昼八ツ（午後二時）。

　船虫の亀太郎が、着物の裾《すそ》を摘んで、《芳兵衛店》を後にした。

　数瞬の後、隣の腰高《こしだか》障子が開き、新六と義吉が飛び出した。

　亀太郎は筋違御門を通って神田川を渡り、佐久間町方向へと歩いている。

「どうやら、誰かと落ち合うようだな？」新六が言った。「この先の煮売り酒屋で、野郎は天神の富五郎という笹間渡の子分と待ち合わせをしたことがあるんだ。親分が尾《つ》けているとも知らずにな」

「するってえと」と義吉が、そっと辺《あた》りに目を配った。

「来る。誰だかは分からねえがな」

亀太郎が、煮売り酒屋に入った。新六と義吉は前を通り過ぎ、田楽《でんがく》売りの屋台の脇に腰を下ろした。

豆腐に塗った味噌が香ばしいかおりを立てた時、綿入り半纏《はんてん》を着た老人が煮売り酒屋に素早く入り込んだ。

「見たか」新六が訊いた。

「見ないでか。年恰好からすると、恐らくあいつが守宮の小助だ」

義吉が空を指さした。天井のつもりらしい。新六は、そうだ、と答えた。

「頬《ほ》っ被《かむ》りの野郎が来るが、あれは？」

天神の富五郎だった。名を教えてから、訊いた。

「どうして分かった？」

「勘だよ。足の向きが煮売り酒屋に向いていた」

嘘《うそ》を吐け。ふたりがもう一本ずつ田楽を食べていると、戸が開き、守宮の小助を中にして三人が出て来た。

三人は、筋違御門を抜けると日本橋へと続く大通りに向かっている。

「行き先は須田町の《下野屋》だ。野郎、天井裏に上がる気じゃねえか」新六が動きを読んだ。

「昼間っからか」

「昼、人気《ひとけ》のない時に奥の間に入り、天井裏に上がるのよ。多少の音なら、誤魔化せるってもんだ」

「俺は、どうしたらいい？」義吉が訊いた。

軍兵衛は、奉行所《ぶぎょうしょ》か《下野屋》の隣の見張り所か、どちらかにいるはずだった。

新六が裏通りを駆け、三人の先回りをして見張り所に行く。軍兵衛がいればよし、いなければ合図をするので、その時は奉行所まで走るよう、義吉に言った。

「分かった。俺は、合図があるまで、奴どもを尾けていればいいんだな？」

そうだ、と言った時には、新六は駆け出していた。

「ご苦労だったな」軍兵衛が言った。

軍兵衛が見張り所に着いて、まだ四半刻（三十分）と経っていなかった。

「では、あっしどもは、またふたりの後を尾けますんで」

「そうしてくれ」軍兵衛が一朱金を二枚、新六の掌にのせた。「腹に何か入れるのを忘れずにな」

新六が拝み取りして、階下に消えた。

「現われやしたぜ」

千吉が、通りを見下ろしながら言った。

守宮の小助は、綿入り半纏を脱ぐと、亀太郎に渡した。亀太郎が袖《そで》に手を通している。

天神の富五郎が懐《ふところ》から竹筒と布袋を取り出した。水と兵糧なのだろう。

小助が胸許を一旦《いったん》広げ、着崩れを直し始めた。袖口の狭い筒《つつ》っぽ襦袢《ジュバン》を着込んでいるらしい。暖かく、動き易《やす》い。

小助は身仕度《みじたく》を整えると、富五郎から竹筒と布袋を受け取り、《下野屋》の裏に回った。

亀太郎と富五郎は、暫《しばら》くその場に立っていたが、頃合と見たのか、《下野屋》

の表で喧嘩《けんか》を始め、お店の暖簾《のれん》の内側に転がり込んだ。

　お店から悲鳴が聞こえ、人の集まる気配が続いた。

「この隙に上がろうって訳かい」軍兵衛が言った。

「佐平の奴は気付くでしょうか」

「表に飛び出して来るかもしれねえな」

「この喧嘩を逆手に取って、後で様子を見に行って参りやす」

「そうしてもらおうか」

　喧嘩したふたりが、手代どもに宥《なだ》められて、通りに出て来た。頻《しき》りに頭を下げている。

　天神と船虫が左右に分かれて、店頭から立ち去った。

　新六と義吉が、見張り所に合図をして、ふたりの後を追った。

「行ってみてくれ」軍兵衛が千吉に言った。

　千吉は着物の裾を尻っ端折《しりぱしょ》ると、階段を下り、店脇の路地に出た。

　広い空の下は気持ちがよかった。ぐいと伸びをしていると、《下野屋》の板塀が揺れた。誰かがよじ上っている。

（何でい……）

千吉は咄嗟《とっさ》に物陰に隠れた。板塀の上に顔が突き出た。守宮の小助だった。何やら、ひどく慌てている。

何があった？　考えられることはひとつ。天井裏を調べられたことに気付いたのだ。千吉が物陰から出たのと同時に、

「待ちやがれ」《下野屋》の庭から佐平の声が聞こえた。

板塀の上を跳《は》ねるように歩き、守宮の小助が裏木戸の板屋根で足を止めた。

「手前には逃げ場はねえんだ。おとなしく縛《ばく》に就《つ》け」千吉が路地の中程から言った。

「笑わせるねえ」小助が吠えた。「狗《いぬ》に捕まる程落ちぶれちゃいねえよ」

「逃げられるとでも思っているのか、目出度《めでて》え奴だな」佐平が言い放った。

「黙れ、小僧」

小助の声が、佐平を圧した。

「こちとら、手前がこの世におん出る前から稼《かせ》がせてもらってる身だ。今更《いまさら》御縄なんざ、真っ平《ぴら》御免だし、悔いなんぞ、これっぱかりもねえ。甘く見るなよ」

「そんな生き方をしていて、悔いがねえもねえだろうが」軍兵衛だった。「どうだ、もう一度生き直してみては？」

「生き直すには年を取り過ぎた。しくじった以上は、助かろうなんて、思っちゃいねえよ」小助は懐から匕首《あいくち》を取り出すと、胸に押し当てた。

「死なすな」軍兵衛が千吉に叫んだ。

千吉が小助の足に飛び掛かった。

伸ばした腕の先を掠《かす》めるようにして、小助が身体を地面に打ち付けた。見る間に、小助の身体が血溜《ちだま》りの中に沈んだ。

「佐平、来い」軍兵衛が怒鳴《どな》った。裏木戸から出て来た佐平の羽織《はおり》を小助の亡骸に被せ、傍《そば》を離れないように命じた。

「俺は自身番《じしんばん》に走って、人を呼んで来る。ここら辺りには寺がねえから、店番どもを使って、小助の亡骸を奉行所に運ぶんだ。こいつの仲間に気取られちゃならねえ。荷を運んでいるように見せるんだぞ、分かったな」

「へい」佐平が答えた。

「亀太郎と富五郎は、どういたしやしょう？」千吉が訊いた。

須田町と亀太郎の住む小柳町は近くだった。人の口に戸は立てられない。人死にがあったことは、やがてばれるだろう。ばれる前に捕まえるしかなかった。

「まずは近くの小柳町からだ」

「承知しやした」

自身番に行って細かく指図《さしず》してから、小柳町の《芳兵衛店》に走った。

占い師・卜善の借店の引き戸を開けると、義吉が壁に耳を押し付けていた。

「野郎、いやがるか」軍兵衛が小声で訊いた。

「おりやす。帰ってからは、静かなものです」

「取っ捕まえるぞ」軍兵衛が言った。「騒がれたくねえんだ。俺が飛び込んで気絶させるから、直《す》ぐに運び出してくれ」

千吉と義吉が、頷いた。

引き戸をそっと開け、亀太郎の借店まで足を忍ばせた。腰高障子に手を掛けた。心張り棒が掛かっている。開かない。気付いたらしい。借店の中で人の動く気配がした。

軍兵衛は十手《じって》を手に、腰高障子を蹴破って中に飛び込んだ。

亀太郎が匕首を振り回している。軍兵衛の十手が閃《ひらめ》いた。匕首を叩き落とし、亀太郎の首筋を打ち据えた。亀太郎が白目を剝《む》いて頽《くずお》れた。

「運び出せ」

千吉と義吉が借店の外に引き摺り出し、改めて猿轡《さるぐつわ》を嚙《か》ませ、縛り上げた。

駕籠《かご》を寄越《よこ》すから、大番屋《おおばんや》に運んでおいてくれ。義吉に駕籠賃を渡し、千吉と天神の富五郎の長屋に向かった。

捕まえ、笹間渡一味の隠れ家を吐かせるのが先か、一味が発覚に気付き、ふけるのが先か。

一度に、守宮の小助と船虫の亀太郎が、そして天神の富五郎がいなくなるのである。今日明日中に一網打尽《いちもうだじん》にしなければ、今までの探索も水の泡となってしまうだろう。

筋違御門を通り、下谷御成街道を広小路方向に走り、小笠原信濃守の中屋敷の手前で右に折れ、下谷長者町の長屋《喜八店》の木戸口を見回した。

見張っているはずの新六の姿がない。

前に見張り所にしていた仕舞屋《しもたや》の二階を見上げた。戸締まりされていた。

(どこに行った……)

探している間はなかった。

「もう後戻りは出来ねえ。天神の奴を引っ捕えるぞ」

軍兵衛は長屋に踏み込むと、富五郎の借店の腰高障子を引き開けた。

男がふたり、焼いた油揚げを肴《さかな》に酒を飲んでいた。

「野郎」富五郎が匕首を抜いている間に、もうひとりの男が裏の障子を突き破って、外に転がり出た。

軍兵衛の十手が富五郎の腕と背を打ち据えた。千吉が軍兵衛の脇を擦《す》り抜け、裏に駆け抜けた。

「おとなしくしておれ」

軍兵衛は、十手の柄頭《つかがしら》を富五郎の鳩尾《みぞおち》に打ち込み、手早く手足を縛って、千吉の後を追った。

千吉がいた。何をしている？　どうして追われねえんだ？　千吉に並んだ。羽織袴《はかま》の侍《さむらい》たちが、逃げた男を取り押さえていた。中のひとりが、手を挙げた。

火附盗賊改方《ひつけとうぞくあらためかた》の同心《どうしん》・土屋藤治郎《つちやとうじろう》だった。土屋には、以前肩口を矢で射貫《いぬ》かれた佐平を助けてもらったことがあった。

「鷲津殿、私です」

「鷲津殿も、笹間渡狙《ねら》いですか」土屋が訊いた。「これはどうやら、一緒にやった方がよさそうですな」

「知っていることはお教えしましょう。が、その前に、其奴《そやつ》が誰だか、ご存じですか」

「金谷の半助。笹間渡の子分です」

その名は、宮脇信左から聞いたことがあった。

火盗改方は、使っている岡《おか》っ引《ぴき》が半助を市中で見掛け、後を尾けたことを、笹間渡探索の始まりとしていた。つまり、まだ調べの端緒《たんしょ》を開いたところだった。

「分かりました。遠慮なく御役宅に引っ立てて下さい」

「もうひとりも？」

「奴は天神の富五郎。やはり、笹間渡の子分です」

「そのようですが、ふたりとも下さるのですか」

「条件を呑《の》んで下されば」

「それは？」

「ふたりを直《ただ》ちに拷問《ごうもん》に掛ける。その場に私を立ち会わせる。それだけです。何しろ、奉行所というところは面倒なので」

「大番屋に連れて行っている暇はないのですな」

「一刻を争う羽目になっちまったんですよ」

町奉行所で捕えた者は、自身番から大番屋に送られ、罪状が固まったところで小伝馬町の牢屋敷《ろうやしき》に送られる。そこには、口を割らせるための拷問の道具があるのだが、町奉行所が捕えた者を拷問に掛けるには、奉行所からは吟味与力《ぎんみよりき》が、幕府からは御徒目付《おかちめつけ》と御小人《おこびと》目付が立ち会わなければならなかった。急ぎ自白させるには、とてもそのような手続きを取ってはいられなかったのである。

「火盗改方は好きなように責められるからという訳ですか」

「今まで調べて来た経緯《いきさつ》もすべてお話ししますが、どうでしょうか」

「それでは町方の手柄を横取りするようで気が引けますが」

「笹間渡を捕えることが出来るならば、どっちの手柄であろうと、そんなことはどうでもよいのです」

「分かりました。長官《おかしら》に訊いてみますが、北町には借りがありますし、問題はないでしょう」

　月初めに、北町が牢屋敷に送った者に尋問をしたいからと、奉行所での取り調べに火盗改方の同心が立ち会えるよう取り計らったばかりである。

「参りますか」出立を促す土屋に、軍兵衛が辺りを見回しながら言った。

「私の手の者を見ませんでしたか」

「新六と申す者ならば、そこに」

　火盗改方の後方に追いやられていた。

「申し訳なかったのですが、下げさせてもらいました」

新六の貫禄《かんろく》では仕方のないことだった。

「ここは目を瞑《つぶ》りましょう」

土屋が、新六を通すよう配下の者に命じた。

「道々話しますが、一刻を争うので、急いで下さい」

軍兵衛は、新六を呼び寄せながら土屋に言った。

三

火附盗賊改方の役宅は虎之御門外にあった。その奥まった一室に通された軍兵衛は、笹間渡一味探索に関する経緯を長官・松田善左衛門に話し終えたところだった。

松田善左衛門は杯を飲み干すと、北町のお蔭《かげ》で、と言った。

「御縄知らずの笹間渡を捕えることが出来そうだな」

「そのためにも」軍兵衛が責付《せっつ》いた。

「分かっておる。焦るな」

松田善左衛門は立ち上がると、遅い、と呟きながら廊下に出た。

「土屋はおらぬか」

ここに。庭石を伝って土屋藤治郎が走り寄って来た。

「仕度はよいか」

「整いましてございます」

「参るぞ」と松田が、軍兵衛に言った。「裏に、拷問蔵があるのだ」

小伝馬町の牢屋敷よりも、

――それは、ひどいものでございます。

と、火盗改方に出入りしていた岡っ引から聞いたことがあった。

小伝馬町で行なう拷問は、ただ一種、釣責《つりぜめ》だけだった。拷問よりも軽い責問いには笞打《むちうち》、石抱《いしだき》、海老責《えびぜめ》などがあったが、責問いを含めても、僅《わず》かに四種である。

しかし、火盗改方は違った。責め殺した時は、逃げようとしたので止《や》む無く殺したと言えば、それで通ったこともあり、次第に拷問が惨《むご》くなっていったのだった。

「寝覚めはよくねえが、悪さをしたのは向こうなのだからな」

松田に続いて軍兵衛も拷問蔵に入った。

下帯ひとつの姿に剝かれた天神の富五郎と金谷の半助が、梁《はり》に付けられた滑車から吊《つ》り下げられていた。

「手前ども、よく見ろ」と松田が、板壁に貼《は》られている閻魔《えんま》の絵を掌で叩いた。「これはな、手前どものために貼ってあるんじゃねえ。拷問なんぞを行なう儂《わし》らの行く末を見定めて貼ってあるのだ。儂らはな、地獄に堕《お》ちる覚悟は出来ているんだ。いくら堪えても、拷問を止める者もいなければ、手心を加えてくれる者もいねえってことだ」

しかし、と松田は言いながら、吊り下げられたふたりの周りをゆるりと回った。儂にも、まだ少しばっかり仏心は残っている。

「今、ここで笹間渡の隠れ家を吐けば、牢に戻してやろうじゃねえか。罪も減じてくれるよう口添えもしてやろう。だが、それは十数える間だけだ。それを過ぎたら、吐くか、死ぬまで拷問を続けるか、だ。どっちにするか、手前どもに決めさせてやる。数えろ」

同心のひとりが進み出て、数を数え始めた。

「いいか」と松田が、数を数える声の合間に叫んだ。「手前どもは、鬼畜生以下の生き物なんだ。これくらいで吐くなどと言うな。儂を思い切り楽しませてみよ」

「……八つ、……九つ、……十」同心の声が熄《や》んだ。

「数え終わりました」土屋が、松田善左衛門に言った。

「よく堪えた。そうでなくちゃいけねえ。いや、大したもんだ。偉《えれ》えぞ」

松田は、同心らに、ふたりの足を踏み台にのせ、縛《しば》り付けるように言った。

踏み台が引き出され、富五郎と半助の足がのせられた。

「まずは足の甲に五寸釘《くぎ》を打ち付けるか。泣き叫ぶ割には、余り面白くないが、どうもこれをやらぬと拷問が始まった気がせぬのでな」

同心が釘と玄能《げんのう》を持って構えた。松田が、頷いた。

富五郎の叫び声が拷問蔵に響いた。次いで、半助の甲にも釘が打ち付けられた。半助は脂汗を流しながら必死で耐えている。

「次は、真っ赤に焼いた釘にしてくれようか。焼いた方が、傷口にはよいのだぞ。よかったな」

と松田が富五郎の太股《ふともも》を叩いた。富五郎の身体が弾《はじ》かれたように撥ね、瘧《おこり》のように震えている。

「半助、見本を見せてやれ」

残る片方の足の甲に、焼けた釘が押し当てられた。皮膚が焼け、煙が立った。

「打て」

半助の甲を焼けた釘が貫いた。絶叫した後、張り裂けんばかりに開いていた目と鼻と口から、涙と洟《はなみず》と涎《よだれ》が糸を引いて流れ落ちた。

「富五郎、お前の番だぞ。お前は我慢強そうだから、後で塩をたっぷりと擦り込んでやるからな」

釘の用意はよいか。松田が叫んだ。

わっ、と叫んで同心らが富五郎の足許から散った。

「どうした？」

「漏らしました」

富五郎が小便を垂れ流している。

「おいおい」と松田が、口先で咎《とが》めてみせた。「今から漏らす奴があるかよ。拷問はこれからなんだぜ」

「富五郎、話したら只《ただ》では済まさねえぞ」半助が、吊り縄を揺らして喚《わめ》いた。

「少し黙っておれ」

松田は、脇差を抜くと、半助の太股をぐさりと刺し、捩《よじ》った。半助が気を失った。

「これで、聞いている奴はいねえ。吐いちまえ。笹間渡の隠れ家はどこだ？　言わなければ、焼けた釘とこいつが待ってるぜ。さあ、どうする？」

松田が、脇差の腹で富五郎の太股をぴしゃぴしゃと叩きながら、問い詰めた。

「蕎麦《そば》屋、でございます……」

「蕎麦屋なんぞ、あちこちにあるだろうが」

「豊島町の比丘尼横町にある蕎麦屋でございます……」

「屋号は？」

「《田辺屋《たなべや》》。主《あるじ》は十九蔵《とくぞう》と申します……」

「その者も一味か」

「……へい」

「一味は総勢何人いる？」

「十五、いえ、十六人でございます」

更に続けて尋問しようとしている松田に、軍兵衛が尋ねてもよいか、と許しを求めた。松田が、軍兵衛を促した。

「一味に、侍はいるか」軍兵衛が訊いた。

「……へい」

「名は？」

「伊良という御方で」

「伊良弥八郎だな」

「左様で……」富五郎が目を閉じた。

「《下野屋》押し入りの日取りは？」

「明後日の丑《うし》の刻（午前二時）でございます」

守宮の小助は、今日から刻限間近まで天井裏に忍び、一味を引き込む役割を与えられていたのだろう。

押し入る手順を訊いた。《田辺屋》から、町木戸が閉まる前に、ばらばらになって柳森《やなぎもり》神社の裏に舫《もや》ってある屋形舟まで行く。そこで夜が更《ふ》けるのを待ち、着替えをして、《下野屋》を襲う。金と金無垢《むく》の観音像を盗み出し、舟で神田川を大川に抜けて逃げるというものだった。

「富五郎、手前と亀太郎は二月《ふたつき》前に、伊良弥八郎は一月《ひとつき》半前に江戸に来た。にもかかわらず、何ゆえ直ちに《下野屋》を襲わず、一月以上時をおいたのだ？」

「そこまで、調べていたんですかい。参りやした。実は、笹間渡の親分が病に罹《かか》り、すべての企《くわだ》てが一月遅れになっちまったんでさあ。金谷の兄貴は、縁起がよくないので延ばそうと言ったのですが、親分が餅代《もち》を稼《かせ》ぐと言われて……」

「よく話してくれたな」松田善左衛門は、桶《おけ》の水を柄杓《ひしやく》で掬《すく》うと、富五郎に飲ませてから言った。「もし今申したことの中で、ひとつでも嘘があった時は、手前の腸《はらわた》を引き摺り出して犬に食わせてくれるから、そう思えよ」

富五郎が懸命に首を横に振った。

「嘘はねえって言いたいのか」

富五郎の首が縦《たて》に動いた。

「そうかい。そうだといいんだがな」

手当をしてやれ。松田は、同心らに言い置くと、土屋藤治郎と軍兵衛について来るように言い、拷問蔵を出た。

「さて、どうするか、だ」

松田が指で顎《あご》の先を摘みながら言った。

「儂らは直ちに笹間渡捕縛《ほばく》のために動くことが出来るが、町方が出役《しゆつやく》するまでには少しの猶予が必要であろう。その刻限だが、一刻半（三時間）では遅く、一刻（二時間）では早いように思うが、どうであろう？　笹間渡を追い詰めたのは町方《まちかた》なのだから、望むところを申すがよいぞ」

「一刻もあれば、大丈夫かと存じます」

「実《まこと》か」

八辻ケ原の一角にある原田陸奥守の上屋敷に捕方を控えさせていることを教えた。

「しかし、捕方を送り込む前に、笹間渡らが隠れ家にいるか否か、調べることが肝要《かんよう》かと存じますが」

軍兵衛は、岡っ引の千吉らと火盗改方の同心数名とで、先に確かめに行きたい旨《むね》を申し出た。

「分かった。土屋、誰か若い同心を二名程連れて探りに参れ。儂《の》らは和泉橋南詰にある堀部帯刀《ほりべたてわき》殿の屋敷で知らせを待っているからな。何かあった時は、堀部屋敷に誰ぞを走らせい」

堀部帯刀は、将軍家の衣服や調度品の取り扱いと、諸大名からの献上品の管理を司《つかさど》る納戸頭《なんどがしら》だった。火盗改方の長官・松田善左衛門とは、先代からの付き合いがあった。

「行くぞ」軍兵衛が千吉に言った。

千吉と新六が、軍兵衛や土屋らの先に立って走り出した。

四

蕎麦屋の《田辺屋》は、比丘尼横町の角地にあった。

家の両側を隣家に挟まれているところよりは、周りを固めるのに楽であったが、近付き過ぎると見張りに気付かれる恐れがあった。

《田辺屋》は、自身番で調べたところ、主の十九蔵が二月半前に居抜きで買ったものだった。土地に馴染《なじ》んでいるように見せるためだろう、屋号は変えていない。

「中の様子が分かりませんな。鷲津殿、何かよい策は？」土屋が訊いた。

「旦那、ちょいと蕎麦を手繰《たぐ》って来やしょうか」千吉が、半歩進み出た。

「お前の面は売れ過ぎているだろう。危なくていけねえ。駄目だ」

「あっしでは……」新六だった。

面の売れ具合はよかったが、任せるには心許無かった。

「万一の時は、命はねえぞ」千吉が言った。

「この新六様は、そんなに簡単にはやられません」

「言いやがったな」千吉は新六の肩を叩くと、軍兵衛と土屋に、「やらせてやっておくんなさい」

と、両の手を膝頭に当てた。

「よし、新六に任せようじゃねえか」

「ありがとうございんす」千吉は新六を目の前に立たせると、帯を解けと言った。

「へっ？」新六が訊いた。

「二度も言わせるな。土手っ腹に巻いている帯を解け、と言っているんだ」

新六が言われるままに帯を解いた。着物の前が、はだけた。

「腹掛《はらが》けと股引《ももひき》を脱げ。脱いだら、下帯も外せ」

「そんな、親分……」

「黙って言うことを聞け」

新六が脱いだものを、千吉は順番に己の懐に収めた。首から巾着《きんちゃく》を下げただけの新六が、素っ裸の上に着物を羽織り、帯を締めた。

「親分、何だかすーすーして変な具合でやすが」

「それでいいんだ。乱暴に歩くと大事なところが見えちまうから気を付けて行けよ」

「親分……」新六が着物の上から股間の辺りを見て、泣き声を出した。

「情けねえ声を出すな。いいか、店に入ったら、あちこち見回すんじゃねえぞ。品書きの短冊《たんざく》があったら、端から端まで読んでいるんだ。だが、耳だけはしっかりと働かせてな。分かったら、行け」

「へい」

新六が、どこかなよなよして蕎麦屋に向かった。裾がはだけないよう気にしているらしく、蕎麦屋の腰高障子を開ける手にも力が入っていない。新六が蕎麦屋の中に入った。障子に落ちていた新六の影が、見えなくなった。

「あっしも、昔同じことを親分にさせられたことがあったのでございますよ」と千吉が言った。「まだ若くて、探ることばかりに気を回していたので、肩の力を抜かせようと親分がさせたのでしょうが、いまだに忘れるものじゃございやせん」

「これで、ひとつ大きくなるだろうよ」軍兵衛が、千吉に言った。

「だと、よいのですが」千吉が、前のめりになって蕎麦屋を見詰めた。懐から、新六の下帯の紐《ひも》が食《は》み出していた。

そば、めし、さけと、躍るような文字で書かれた蕎麦屋の腰高障子が開き、新六が腹をさすりながら出て来た。新六に続いて店の者が現われ、素早く辺りを見回してから縄暖簾を仕舞った。

「何人だとは言えやせんが、随分な人数が二階に隠れているようでございやす」

「なぜ、そうと分かる？」土屋が訊いた。

「飯を食べている途中、大徳利《とっくり》と大鍋が何度か二階に運ばれて行きやした」

「飯だと？」千吉が睨《にら》んだ。「捕物《とりもの》の前に飯を食らう馬鹿が、どこにいる」

「蕎麦は夕方までで、夜は酒か飯になっちまうんだそうです」

「何を食った？」

「菜飯と味噌汁でございやす」

「で、二階に肝心《かんじん》の笹間渡はいそうなのか」千吉が訊いた。

「多分」

「多分じゃ分からねえだろうが」

「そうは言っても、誰が誰だか分からないんでやすよ」

「誰か来やす」千吉が、横町の奥を見透かして言った。浅草御門の方から来ると、柳原の土手沿いに来るよりも、そちらの方が近道となった。

軍兵衛らは、植え込みの陰に隠れた。

先頭を行く若い衆と背後から来る伊良に挟まれて、髪の半《なか》ばを白くした男が通り過ぎた。

「《小浜屋》じゃねえか」

「知り合いですか」土屋が訊いた。

「恐らく、奴が笹間渡の吉造でしょう。後から行くのが伊良弥八郎、笹間渡お抱えの用心棒です」

「それでは」土屋が顔を輝かせた。

「揃《そろ》ったようですな」

火盗改方の同心と、下帯を締め直した新六が、直ちに和泉橋南詰の堀部屋敷と八辻ケ原の原田屋敷に飛んだ。新六は原田屋敷に島村恭介がいない時は、北町奉行所まで駆けるよう命じられていた。

「土屋さん」と軍兵衛が言った。「先程の用心棒ですが」

「腕が立ちそうでしたね」

「源道寺流の使い手で、得意技は突きだそうです」

「初めて聞く流派です」

「あの用心棒とは因縁がありますので、私が立ち合うつもりでおりますが、もしもの時は、気を付けて下さい」

「この御役目に就いた時から、覚悟は出来ております」

土屋藤治郎は下げ緒を抜き取ると、襷《たすき》に掛け、ぐいと縛った。

既に剣客の目になっていた。


火盗改方と北町奉行所の捕方が、出役の姿で柳原土手に集まった。

火盗改方同心が、柳森神社裏の屋形船を急襲し、船頭二名を捕縛している間に、豊島町の路地はすべて捕方で固められた。

後は踏み込むだけである。

蕎麦屋への突入は、火盗改方が表から、北町が裏からとなった。

笹間渡捕縛のために費やしてきた汗も日数《ひかず》も、奉行所の方が上回っているのは明白だったが、隠れ家を即座に吐かせたのは火盗改方の手柄と言ってよい。軍兵衛は火盗改方にも花を持たせたかった。

――火盗改方が奉行所の助けに回ったのでは、面目《めんもく》が立たんでしょう。

それを咎める島村恭介ではなかった。

（あのうるさい火盗改方に貸しを作っておくことは、何かの時に役立つはず）

と踏んだのである。

町木戸が閉じられた夜四ツ（午後十時）過ぎ、《田辺屋》の表と裏から、火盗改方と町方が一斉に踏み込んだ。

島村に命じられ、裏戸を蹴り倒したのは軍兵衛だった。

捕方が鴨居《かもい》に蠟燭《ろうそく》を吊り下げている間に、十手を振り翳《かざ》し、厨《くりや》に逃げ落ちて来る笹間渡一味を殴り倒しながら、表の方へと進んだ。

表の腰高障子は倒れ、外から龕灯《がんどう》の明かりが射《さ》し込んでいる。

「用心棒は、どこだ？」

腕を斬られ、座り込んでいる捕方に訊いた。

「表のようです」

「手傷を負っている。誰か、来てくれ」

軍兵衛は裏口に向かって叫ぶと、少しの辛抱だ、と言い置いて表に出た。

笹間渡の吉造を庇《かば》うようにして、伊良が土屋と対峙《たいじ》していた。

「伊良さん」

と軍兵衛が声を掛けた。伊良が、微《かす》かに笑みを浮かべた。

「こうならずに、江戸を去りたかったのですが、駄目でした」

「俺は、あんたが気に入っていた」

「私もですよ」

「どうだ、刀を捨てちゃくれねえか。捕方は、ご覧の通り、腐る程いる。ひとりふたりは斬れるだろうが、終《しま》いにゃ捕まるんだ。抗《あらが》うのはよしたらどうだ？」

「親分」と伊良が、吉造に言った。あのように言っておりますが」

「旦那」と吉造が言った。「あっしども盗《ぬす》っ人《と》は、往生際をきれいにしちゃならねえんです。手向かいなんぞしたくはございやせんが、たとあっては、あの世で盗っ人仲間に幅を利《き》かせられなくなっちまう。それだけのことでさあ」

「ならば、仕方ねえな」軍兵衛が言った。

「笹間渡は、鷲津殿に差し上げますが」と土屋藤治郎が、太刀を正眼に構えた。

「剣の道を行く者として、この源道寺流は私のものですぞ」

軍兵衛は松田善左衛門を見た。松田は、長十手を手にしたまま身動きもせずにふたりを見ている。軍兵衛は、一歩下がった。

「長浜町の《瓢酒屋》で」

と伊良が言った途端《とたん》、土屋が正面から斬り付けた。刀の峰《みね》で躱《かわ》した伊良が、返す刀で土屋の小手を掬《すく》った。土屋が、飛び退《の》いた。

「殺気を放たれた時、こうなると分かっていました」

伊良の刀の切っ先が、獲物を探す蛇のように鎌首《かまくび》を擡《もた》げた。

「秘剣《空舟《うつろぶね》》……」

切っ先が下がった。

誘いだ。乗るな。

土屋の右足が地を掠《かす》め、前に走った。

渾身《こんしん》の力を込めた土屋の一刀が、伊良の右肩を斬り裂いた、と見えた。だが、振り下ろした刀の先に、伊良はいなかった。

伊良の伸ばした腕の先に刀身二尺六寸（約七十八センチ）の太刀があり、その切っ先が深々と土屋藤治郎の肩口を刺し貫いていた。

土屋の身体が痙攣《けいれん》し始めている。伊良が、刀を引き抜こうとした。抜けば、武士の一念で、土屋が斬り掛かるかもしれない。

「斬るな」と軍兵衛が伊良に言った。「その男は、まだ若い。先がある」

「鷲津さんは？」

「先なんかねえ。あんたと同じだ」

伊良が太刀を引き抜くと同時に、飛び退《すさ》った。その残影目掛けて、土屋が斬り上げた。土屋の太刀は虚空《こくう》に流れて落ちた。

火盗改方の若い同心らが、土屋に駆け寄り、包囲の輪の外に運んだ。

「おのれ」四人の若い同心らが、血気盛んな御先手組《さきてぐみ》らしく、軍兵衛の制止する声に耳も貸さず、伊良に斬り掛かった。

伊良の太刀が一閃《いっせん》すると、ひとりが額《ひたい》を割られ、もうひとりが咽喉を刺し貫かれていた。足許に崩れ落ちて行く朋輩《ほうばい》の傍《かたわ》らに立ち、残るふたりの同心が見る間に血の気を失った。

「無駄に命を捨てやがって、下がっていろ」軍兵衛が色を作《な》して叫んだ。

「鷲津、其《そ》の方も下がれ」

松田善左衛門の声だった。矢を番《つが》えた捕方が松田の横に走り出し、構えた。

「射《い》るんですかい？」

軍兵衛は松田を見た。

「冗談じゃねえや。余りに賊が強いからとて、弓矢で射殺すなんざ、無粋《ぶすい》ってもんだ。敵《かな》わぬまでも刃《やいば》を交えてやるのが武士《もののふ》に対する礼じゃございませんか」

「勝てるのか」松田が軍兵衛に訊いた。

「勝負は時の運と申しますから、運次第ですな」

「島村殿、いかが？」

「この者の頭の中は、私では追い付きませぬ。何か勝算があるのやもしれません」島村が答えた。

「よし、大口を叩いたのだ。腕前の程を見せてもらおう」松田が弓矢を下げさせた。

軍兵衛と伊良の一足一刀の間合を風がよぎった。

「あの時は、跳ぼうにも跳べなかった……」と伊良が言った。

《瓢酒屋》の外から殺気を送った時のことだと知れた。

「よく俺だと分かったな……」

枯れ葉が、かさかさと生き物のように走り抜けた。

「私も鷲津さんの腕を試そうと、同じことをしましたので」

この月の初め、蕎麦屋に立て籠った賊を捕えた後に、殺気を感じたことがあった。あれか。あれは、伊良さんの仕業《しわざ》だったのか。

「《瓢酒屋》でお会いした時は、驚きました……」

伊良の目が、ふと宙を泳いだ。

「もう芝浦に千鳥は来ているのでしょうな」

「間に合わなかったようだな」

「どうでしょうか……」伊良が太刀を正眼に構えた。

「俺にも《空舟》とやらを使うのか」

「お望みなら」

「ならば、俺も秘剣で応じるしかねえって訳か」

「楽しみですな。最後の最後に、鷲津さんと立ち合えようとは、思ってもみませんでした」

「………」

軍兵衛の太刀がするっと伸び、伊良の右手親指を狙った。太刀を寝かせただけで躱した伊良が、逆に軍兵衛の右腕目掛けて太刀を送り込んだ。着物の袖が、切れて飛んだ。

のだ。

軍兵衛が太刀を下段に据えた。突きが来たら、撥《は》ね上げて躱そうと考えたのだ。

「危ねえ危ねえ」

「秘剣《空舟》……」

伊良が足指をにじり、間合を詰め始めた。

伊良の目から温かなものが消え、代わりに酷薄《こくはく》さが顔を埋め尽くした。違う。いつもの、伊良ではない。軍兵衛の背に冷たい汗が走った。

「朽《く》ち果て、中が空洞になった木を空木《うつろぎ》と言い、空木のように木の中をくりぬいて造った舟を空舟と言う。ある土地では、人が死ぬと空舟に薪《まき》を積み、亡骸をのせ、火を点《つ》けて、引き潮の海に流す。舟は燃えながら沖へと流れて行く。それを浜から見送り、経を読む。ここは、どうやら私が見送る役で、あなたが《空舟》に乗る役のようですな……」

「喋《しゃべ》り過ぎだ」と軍兵衛が、間合を確かめながら言った。「待ちくたびれたぜ」

「そうですか……」

伊良の足が動き、身体が続き、腕が伸びた。太刀の切っ先が、軍兵衛の咽喉めがけてするすると伸びた。

軍兵衛は上体を倒すようにして躱し、斬り上げた。伊良の袴の裾が切れて、垂れた。

崩れた体勢を整えている軍兵衛に、伊良の二の突きと三の突きが押し寄せた。払い損ね、二の腕を切っ先が掠めた。

血が腕を伝った。

「鷲津さん、さらばです」伊良が言った。

「命日には、焼柿《やきがき》を供えてやるぜ」

軍兵衛が右手で脇差を抜き、二刀を手にして、大の字に構えた。

「鷲津家に伝わる秘太刀、見せてくれるわ」

伊良が、下段に構えた太刀を引き起こすようにして間合を詰めた。それを待って、軍兵衛が脇差を投げ付けた。脇差が、突きのために繰り出した剣の鎬《しのぎ》に沿って飛んだ。

「……うぬ」

互いの間合に入るには、まだ僅かに余裕があった。伊良が太刀を横に振り、脇差を撥ねた。切っ先が乱れた。

軍兵衛が気合とともに太刀を上段から振り下ろした。

太刀は、伊良の刀身に当たり、鎬を削りながら鍔《つば》へと走った。金気《かねけ》の弾ける音がした。鎺《はばき》が切れて飛び、鍔が真っ二つに割れて撥ね、血煙が上がった。伊良の指とともに、割れた鍔が、刀が落ちた。伊良が血に染まった左手で脇差に手を掛けた。

軍兵衛の太刀が、伊良の胴を走り抜けた。

伊良は膝から地に落ち、座るようにして息絶えた。

捕方が笹間渡の吉造に駆け寄り、縄を打っている。

軍兵衛は松田善左衛門に目礼し、捕方を掻き分けて土屋藤治郎を探した。

医師の手当を受けていた。

「見ました」と土屋が息を弾ませた。「肩を借りて見たのですが、凄《すご》かったですね」

「運がよかったのですよ」

「旦那ぁ」

千吉と新六が、洟を啜り上げた。

加曾利孫四郎が小宮山仙十郎が、神田八軒町の銀次と子分の義吉と忠太が、霊岸島浜町の留松と福次郎が、そして最後に駆け付けて来た佐平が、大捕物の後始末に追われながらも、口々に軍兵衛の名を呼んだ。

　伊良弥八郎始め六名の亡骸は、検分の後、戸板に乗せられ、牢屋敷に運ばれた。後日、試し斬りにされるのである。

　笹間渡の吉造以下、捕えられた六名は、奉行所に引き立てられた後、大番屋に送られ、入牢証文《じゆろう》の作成を待って、翌日小伝馬町に送られることになる。

「終わった」

　と軍兵衛が誰に言うともなく呟いた。白いものが落ちてきたのに気付いたのは、幾分降りが強くなってからだった。

五

「着替えは済んだか」

　道場主の波多野豊次郎《はたのとよじろう》が、自ら呼びに来た。住吉町にある六浦自然流の道場に続く、奥の居室に鷲津軍兵衛はいた。

　羽織と黄八丈《きはちじよう》の着物を脱ぎ、藍染《あいぞ》めの稽古《けいこ》着と袴を着け終えたところだった。

「皆が待っておるでな。頼むぞ」

六浦自然流は、既に如月派《きさらぎ》一刀流を身につけていた軍兵衛が、抜刀術を学びに入門した道場だった。先代の人柄に惚れ、当代の剣に懸ける熱情を是《ぜ》として、息《そく》・竹之介を入門させていた。当代の波多野豊次郎は、軍兵衛が先代に入門を乞《こ》うた時の師範代だった。外連味《けれんみ》のない、素直な太刀筋が、心の在り方を表わしていた。

軍兵衛は、抜刀術のうちの幾つかを、年の若い門弟らに披露した。《浜風》、《千鳥》に続いて、《浦波《うらなみ》》、《水車《みずぐるま》》。

基本の形《かた》を復習《さら》うことは、何よりも稽古になったが、熱心に食い入るようにして見ている若い者を前にしては、微塵《みじん》の間違いも許されない。

呼気と吸気。すなわち抜刀術における息の継ぎ方と、目付け。すなわち敵の動きを見続ける目線について話し終えた頃には、汗びっしょりになっていた。

裏の井戸で身体を拭《ふ》いていると、竹之介が乾いた手拭《てぬぐい》を持って現われた。

「ありがとうございました」

「うむ」軍兵衛は、乾いた手拭で胸から腕を拭き、序《つい》でに井戸の水を飲んだ。

「皆が話しておりましたが、昨夜父上は大立ち回りをなされたそうですね」

栄が心配するといけないので、組屋敷に戻ってからは、盗賊を捕えたとしか話していなかった。

「母上には内緒だぞ」

「申しません。父上が敵の侍と立ち合《お》うたところを見ていた者がおりまして、凄かった、と言うておりました」

「そうか。しかし、勝負は時の運と言うからな。あのような危ないことは、もうしないつもりだ」

「左様ですか」

半分はほっとしたようだが、残る半分は少し不満であるらしい。口許が僅かに膨らんでいる。

「朋輩が言うには、父上が秘太刀を振るったとか。その秘太刀ですが、まさか」

竹之介が、八相の構えから刀を投げる真似《まね》をした。溯《さかのぼ》る半年前、加賀前田家の下屋敷の子弟と、蕗を巡っていざこざを起こした時、急場を凌《しの》ぐ秘策として木刀を投げる法を教えたのだった。

「そうだが、ちと違う」軍兵衛は汗に濡《ぬ》れた稽古着を畳みながら言った。「我が家の秘太刀は、時に応じて少しずつ変化するのだ」

「はあ？」竹之介が訝《いぶか》しげに眉を寄せた。

「投げるのは一緒だが、そなたに教えたのは基本の形でな。後は、投げるのが脇差であったり十手であったり、狙うところが頭であったり、手であったりと変わるのだ」

「あの、今思うと大した技ではないような気が……」

「大したことと思えぬところが大切なのだ。日々の暮らしのようにな」

決まったな、と胸を張ろうとしている軍兵衛の隣で、竹之介が俯《うつむ》いた。

「私は不安なのです……。この先どうなっていくのか」

「不安でよいのだ」

「よいのですか」軍兵衛のあっけらかんとした物言いに、竹之介が思わず聞き返した。

「俺だって、先がどうなるかなんて分からない。悟ったような顔をしている島村様だって、先のことなんか、何も分かってはおらぬし、加曾利なんぞは今日のことすら分かってはおらぬ。だから、何が起こるかわくわくしながら明日を迎えられるんじゃねえのか」

「それは、そうかもしれませんが……」

「よし、ちょいと先回りして言ってやると、竹之介も蕗もまだ若い。今大切なことは、あれこれ考えることではない。互いが互いの心に正直であることだ。後のことは、どうでもいいんだ」

軍兵衛は竹之介の背を叩き、続けて言った。

「今はっきり言えるのは、俺も母上も竹之介を信じているように、蕗のことを信じているし、好きだってことだ。分かったら、道場に戻れ」

「はい」吹っ切れたのか、竹之介が勢いよく立ち上がった。駆け出そうとして、不意に立ち止まり、誇らしげに言った。

「それからひとつ。前田家の下屋敷の黒子《ほくろ》ですが、覚えておられますか」

竹之介が鼻面に木刀を投げ付けた男児だった。額に大きな黒子があった。

「あれは、なかなかよい男でした。名乗り合い、友達になりました」

「そうか」

「それから……」

「まだあるのか」

「母上からの言付《ことづ》けがございました。今夜は早めにお戻り下さい、とのことです」

「何であろう?」

「蕗殿が来て、母上と夕餉《ゆうげ》の支度をしてくれるのだそうです。島村の御用で来るらしいのですが、序でに夕餉を摂《と》ってきなさい、と奥様が仰《おっ》しゃって下さったという話です」

「分かった」

竹之介が跳ねるようにして道場に戻って行った。

十一月には珍しい暖かな日差しだった。軍兵衛は、空を仰《あお》いで、大きく息を吸った。


「どこに行っておったのだ？」

奉行所に戻るなり、年番方《ねんばんかた》与力の島村が、臨時廻り同心の詰所に顔を出した。

「町道場を覗き、後はふらふらと……」

島村はあからさまに眉を顰《ひそ》めると、吐いたのだ、と言った。

「《絵師》が本物の西ヶ谷殿を殺《あや》めた場所を吐きおったのだ」

「どこでした？」

「箱根《はこね》山の山中だ」

三島宿《みしましゅく》を出て、箱根の関所に向かう山中で不意を衝《つ》いて襲ったらしい。

「それはそれは」

「気の毒に思うのなら、そなた、掘り出して来てはくれぬか」

「……えっ」島村の攻め方ではなかった。軍兵衛は言葉を探した。「私、品川から向こうへは行くなという、先祖からの遺言《ゆいごん》がございまして……」

「安心せい。其の方には頼まぬ」

「孫四郎なら、暇でしょう」

「仙十郎が買って出てくれたわ。これも縁だろうと言うてな」

「左様ですか」

「何が左様ですか、だ。今更何だが、其の方、西ヶ谷が偽者だとまったく気付かなんだのか」

「どこか怪しいと……」

「思うておったのか」

「《絵師》の描いた似絵は、妙に薄っ気味悪いところがあったので、気になってはいたのです。血糊《ちのり》で描いたかのように墨が粘っていたと言ったらよいのか……」

言葉を探そうとしている軍兵衛を、島村が遮《さえぎ》った。

「思うておるはずがなかろう。ただ嫌っていただけであることは明白だ」

「さすれば、島村様もご同様では？」

ふんと鼻を鳴らしてから島村が言った。

「仙十郎は人が好いので難に遇《あ》いそうになり、其の方は人を選り好《え》みする悪癖のお蔭で難を逃れ、さらに、信左衛門の人を人とも思わぬ偏屈《へんくつ》さが事件《こと》を解決に導いた。何とも住み辛《づら》い世の中よの」

「実に」

「無駄話をした」島村が臨時廻り同心の詰所を出ながら言った。「《絵師》に案内させるには、護送の手続きが要る。儂はこれから、道中《どうちゅう》奉行宛の書状を認《したた》めねばならぬのだ。仙十郎らに合わせて、駿府町奉行所からも人が出る。あちらへも書状を出さねばならぬから、大忙しだ」

道中奉行は、大目付と勘定奉行から各一名が選ばれ兼務する役目で、五街道の宿場や道中に関するあらゆることを処理した。

「仙十郎は、近々道中方と一緒に、箱根に出向くことになろう。ひとり欠けるのだ、定廻りを手伝ってやるようにな」

島村は、行き掛けて、もう一度詰所に顔を入れ、軍兵衛に言った。

「今日はまっすぐ帰れよ。倅《せがれ》の嫁《よめ》になろうかという女子《おなご》がともに夕餉を囲む大事な日だ。儂など、初めて倅の嫁女が来た時など食ってるようではなかったぞ。威厳を示そうと汁の音は立てず、普段注意されておるので、咀嚼《そしやく》する音を立てぬよう半分嚙まずに飲み込んだわ。辛かったぞ。其の方も儂と同じ思いを存分に味わうがよいわ」

「失礼ですが、急がれた方が」

「分かっておるわ」

島村の足音が、板廊下に響いた。

軍兵衛は、夕刻まで覚書や日誌を繰《く》って、笹間渡一味捕縛の顚末《てんまつ》を書面に綴《つづ》り、定刻に奉行所を出た。大門裏の控所には、小網町の千吉と新六と佐平がいた。

いつもならば、大捕物を終えたところである。酒になるはずだった。皆もそれを心づもりにしていることは明らかだった。

「済まねえが」

軍兵衛は懐から一分金を二枚取り出すと、酒代だ、存分に飲んでくれ、と言って千吉に手渡した。

「今日の夕餉は、蕗が作ってくれるということで、早く帰るよう言われているのだ」

「それではお誘いいたしません。なあ？」千吉が新六と佐平に訊いた。

「この次の時は、皆を招くからな」

「そんなお気遣いはなしで。皆でお送りしやすから、真っ直ぐお帰り下さい」

常盤橋御門を通り、一石橋を渡り、東に折れて高札場を抜け、青物市場の横を海賊橋方向に向かった。

新六が、下帯を取って蕎麦屋に入った話をしている。

千吉が、佐平が、茶々を入れている。

事件の片が付いたのだと思った。

胸のつかえがおり、どこか浮き立っている。

組屋敷の木戸が開いていた。板屋根を潜《くぐ》り、路地を進んだ。

組屋敷の前に着いた。

厨からなのだろう、栄と蕗の笑い声が聞こえた。

何を言っているのか、竹之介の声がした。若い女の声が言い返している。そこ
「旦那は？」

に鷹の泣き声が加わった。

千吉が、新六が、佐平が口を開けて、立ち止まっている。

「見張り所が懐かしいぜ」

軍兵衛は照れを隠して木戸をぐいと押した。軋《きし》んだような音を立てて、木戸が開いた。

「お帰りですよ」

栄の声がした。玄関口まで三つの足音が響いた。

参考文献

『江戸・町づくし稿　上中下別巻』岸井良衛著（青蛙房　二〇〇三、四年）
『大江戸復元図鑑〈庶民篇〉』笹間良彦著画（遊子館　二〇〇三年）
『大江戸復元図鑑〈武士篇〉』笹間良彦著画（遊子館　二〇〇四年）
『資料・日本歴史図録』笹間良彦編著（柏書房　一九九二年）
『図説・江戸町奉行所事典』笹間良彦著（柏書房　一九九一年）
『江戸時代選書6　江戸町奉行』横倉辰次著（雄山閣　二〇〇三年）
『第一江戸時代漫筆　江戸の町奉行』石井良助著（明石書店　一九八九年）
『考証「江戸町奉行」の世界』稲垣史生著（新人物往来社　一九九七年）
『駿府　町人の社会』若尾俊平著（静岡谷島屋　一九八九年）
『家康と駿府城』小和田哲男・小野田護・杉山元衛・黒澤脩著（静岡新聞社　一九八三年）

注・本作品は、平成十八年九月、ハルキ文庫（角川春樹事務所）より刊行された、『空舟』を著者が加筆・修正したものです。

一〇〇字書評

空舟

切り取り線

購買動機（新聞、雑誌名を記入するか、あるいは○をつけてください）

□（　　　　　　　　　　）の広告を見て	
□（　　　　　　　　　　）の書評を見て	
□ 知人のすすめで	□ タイトルに惹かれて
□ カバーが良かったから	□ 内容が面白そうだから
□ 好きな作家だから	□ 好きな分野の本だから

・最近、最も感銘を受けた作品名をお書き下さい

・あなたのお好きな作家名をお書き下さい

・その他、ご要望がありましたらお書き下さい

住所	〒				
氏名		職業		年齢	
Eメール	※携帯には配信できません	新刊情報等のメール配信を 希望する・しない			

この本の感想を、編集部までお寄せいただけたらありがたく存じます。今後の企画の参考にさせていただきます。Eメールでも結構です。

いただいた「一〇〇字書評」は、新聞・雑誌等に紹介させていただくことがあります。その場合はお礼として特製図書カードを差し上げます。

前ページの原稿用紙に書評をお書きの上、切り取り、左記までお送り下さい。宛先の住所は不要です。

なお、ご記入いただいたお名前、ご住所等は、書評紹介の事前了解、謝礼のお届けのためだけに利用し、そのほかの目的のために利用することはありません。

〒一〇一‐八七〇一
祥伝社文庫編集長　坂口芳和
電話　〇三（三二六五）二〇八〇

祥伝社ホームページの「ブックレビュー」からも、書き込めます。
http://www.shodensha.co.jp/bookreview/

祥伝社文庫

空舟《うつろぶね》　北町《きたまち》奉行所《ぶぎようしよ》捕物控《とりものひかえ》

平成30年7月20日　初版第1刷発行

著　者　長谷川《はせがわ》　卓《たく》
発行者　辻　浩明
発行所　祥伝社《しようでんしや》
東京都千代田区神田神保町3-3
〒101-8701
電話　03（3265）2081（販売部）
電話　03（3265）2080（編集部）
電話　03（3265）3622（業務部）
http://www.shodensha.co.jp/
印刷所　堀内印刷
製本所　ナショナル製本
カバーフォーマットデザイン　中原達治

Printed in Japan ©2018, Taku Hasegawa　ISBN978-4-396-34440-5 C0193

祥伝社文庫の好評既刊

長谷川　卓　戻り舟同心　更待月《ふけまちづき》

皆殺し事件を解決できぬまま引退した伝次郎。十一年の時を経て、再び押し込み犯を追う！　書下ろし短編収録。

長谷川　卓　父と子と　新・戻り舟同心①

死を悟った大盗賊は、昔捨てた子を捜しに江戸へ。彼の切実な想いを知った伝次郎は、一肌脱ぐ決意をする——。

長谷川　卓　雪のこし屋橋　新・戻り舟同心

静かに暮らす遠島帰りの老爺に、忍び寄る黒い影——。永尋＝迷宮入り事件を追う、老同心は粋な裁きを下す。

長谷川　卓　風刃《ふうじん》の舞《まい》　北町奉行所捕物控

無辜の町人を射殺した悪党、商家を皆殺しにする凶悪な押込み……。臨時廻り同心・鷲津軍兵衛が追い詰める！

長谷川　卓　黒太刀《くろだち》　北町奉行所捕物控

斬らねばならぬか——。人の恨みを晴らす義の殺人剣・黒太刀。探索に動き出した軍兵衛に次々と刺客が迫る。

犬飼六岐　騙《だま》し絵

長屋に越してきた正吉《しょうきち》と弁蔵《べんぞう》。二人に興味を抱く信太郎《しんたろう》。わけあり父子がたくましく生きる、まごころの時代小説。

祥伝社文庫の好評既刊

今村翔吾
火喰鳥《ひくいどり》
羽州《うしゆう》ぼろ鳶《とび》組
かつて江戸随一と呼ばれた武家火消・源吾《げんご》。クセ者揃いの火消集団を率いて、昔の輝きを取り戻せるのか⁉

今村翔吾
夜哭烏《よなきがらす》
羽州ぼろ鳶《とび》組②
「これが娘の望む父の姿だ」火消としての矜持を全うしようとする姿に、きっと涙する。最も〝熱い〟時代小説！

今村翔吾
九紋龍《くもんりゆう》
羽州ぼろ鳶《とび》組③
最強の町火消とぼろ鳶組が激突⁉ 残虐な火付け盗賊を前に、火消は一丸となれるのか。興奮必至の第三弾！

今村翔吾
鬼煙管《おにきせる》
羽州ぼろ鳶《とび》組④
京都を未曾有の大混乱に陥れる火付犯の真の狙いと、それに立ち向かう男たちの熱き姿！

今村翔吾
菩薩花《ぼさつばな》
羽州ぼろ鳶《とび》組⑤
「大物喰いだ」諦めない火消たちの悪あがきが、不審な付け火と人攫いの真相を炙り出す。

簑輪 諒
最低の軍師
一万五千対二千！ 越後の上杉輝虎に攻められた下総国臼井城を舞台に、幻の軍師白井浄三の凄絶な生涯を描く。

祥伝社文庫の好評既刊

辻堂 魁

風の市兵衛

さすらいの渡り用人、唐木市兵衛《からきいちべえ》。心中事件に隠されていた奸計《かんけい》とは？ 〝風の剣〟を振るう市兵衛に瞠目！

辻堂 魁

雷神 風の市兵衛②

豪商と名門大名の陰謀で、窮地に陥った内藤新宿の老舗。そこに〝算盤《そろばん》侍〟の唐木市兵衛が現われた。

辻堂 魁

帰り船 風の市兵衛③

舞台は日本橋小網《こあみ》町の醤油問屋「広国《ひろくに》屋」。市兵衛は、店の番頭の背後にいる、古河《こが》藩の存在を摑むが——。

辻堂 魁

月夜行《つきよこう》 風の市兵衛④

狙われた姫君を護《まも》れ！ 潜伏先の等々《とど》力《ろき》・満願寺《まんがんじ》に殺到する刺客たち。市兵衛は、風の剣を振るい敵を蹴散らす！

辻堂 魁

天空の鷹《たか》 風の市兵衛⑤

息子の死に疑念を抱く老侍。彼の遺品からある悪行が明らかになる。老父とともに、市兵衛が戦いを挑んだのは⁉

辻堂 魁

風立ちぬ ㊤ 風の市兵衛⑥

〝家庭教師〟になった市兵衛に迫る二つの影とは？ 〈風の剣〉を目指した過去も明かされる、興奮の上下巻！

祥伝社文庫の好評既刊

小杉健治
札差殺し 風烈廻り与力《よりき》・青柳剣一郎《あおやぎけんいちろう》①
旗本の子女が自死する事件が続くなか、富商が殺された。頬に走る刀傷が疼《うず》くとき、剣一郎の剣が冴える！

小杉健治
火盗《かとう》殺し 風烈廻り与力・青柳剣一郎②
江戸の町が業火に。火付け強盗を利用するさらなる悪党、利用される薄幸の人々のため、怒りの剣が吼える！

小杉健治
八丁堀殺し 風烈廻り与力・青柳剣一郎③
闇に悲鳴が轟《とどろ》く。剣一郎が駆けつけると、斬殺された同僚が。八丁堀を震撼させる与力殺しの幕開け……。

小杉健治
二十六夜待《やまち》
市井に隠れ棲《す》む、過去に疵《きず》のある男と岡っ引きの相克。情と怨讐を描く、傑作時代小説集。

小杉健治
刺客殺し 風烈廻り与力・青柳剣一郎④
首をざっくり斬られた武士の死体が江戸で発見された。それは絶命剣によるもの。同門の浦里《うらさと》左源太《さげんた》の技か!?

小杉健治
七福神殺し 風烈廻り与力・青柳剣一郎⑤
人を殺さず狙うのは悪徳商人、義賊「七福神」が次々と何者かの手に……。真相を追う剣一郎にも刺客が迫る。